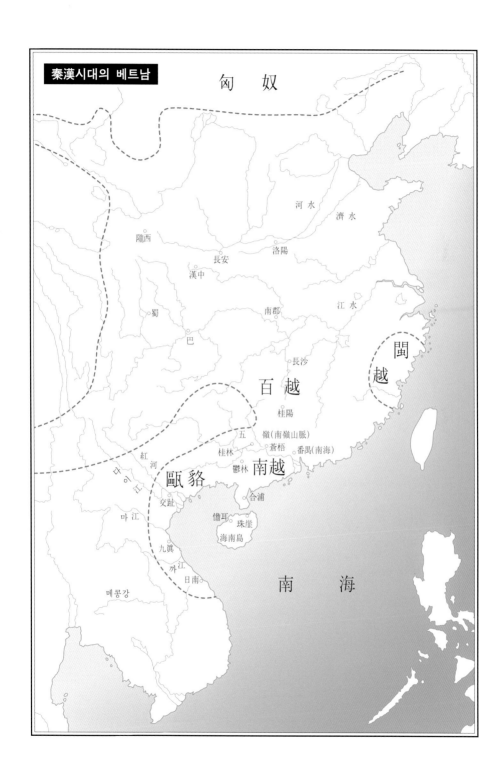

秦漢시대의 베트남

匈　奴

河水
濟水

隴西
長安　洛陽
漢中
蜀
南郡
江水
巴
長沙
百　越
桂陽
閩越
五　嶺(南嶺山脈)
桂林　蒼梧　番禺(南海)
紅河
鬱林　南越
甌貉
交趾　合浦
마江
儋耳　珠崖
海南島
九眞
까江
日南
메콩강
南　海

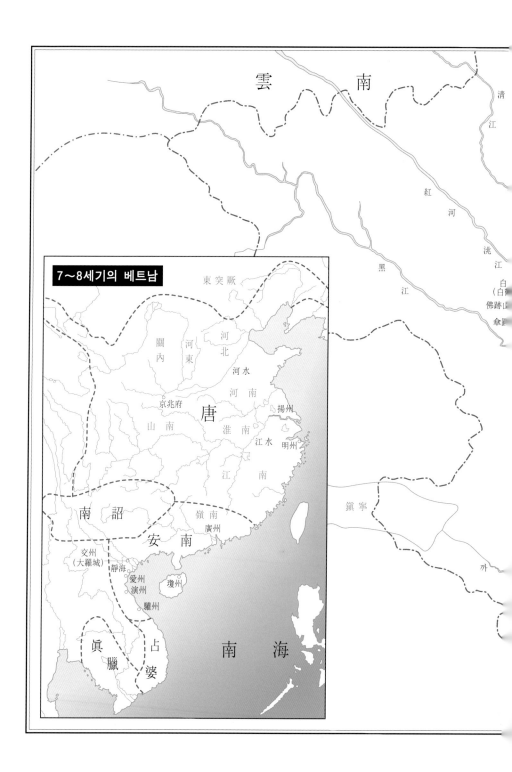

7~8세기의 베트남

15세기 초의 베트남

廣　西

廣　東

超類(嬴陵:蠻娘이 머물던
福嚴寺가 있던 곳)

西湖

록남江

安越　龍眼

如月社　如月江　仙遊　大灘

武寧

天德江　屠虜江

瀘江　蘇　古螺

歷

快州

天幕江

다　木丸　唐安

이　莅仁

江

天

長　安　長

我山

神投海口

淸

중심지

東　京　灣

河華　高望山

橫山

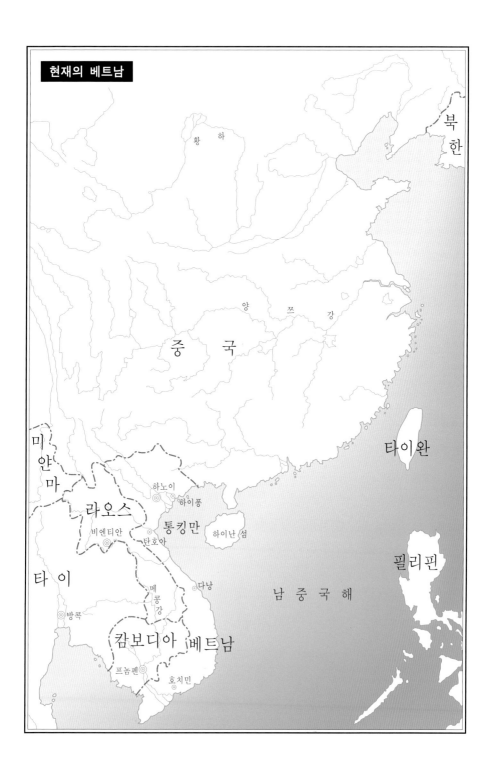

현재의 베트남

영남척괴열전 嶺南摭怪列傳

베트남의 신화와 전설

무경 엮음/박희병 옮김

돌베개

베트남의 신화와 전설
― 嶺南摭怪列傳

2000년 12월 15일 초판 1쇄 발행
2019년 7월 15일 초판 3쇄 발행

엮은이 무경
옮긴이 박희병
펴낸이 한철희
편 집 김혜형·김수영·최세정·김윤정
표지디자인 박영선

도서출판 돌베개
등록 1979년 8월 25일 제10-28호
주소 (121-836) 서울특별시 마포구 서교동 337-6
전화 (02) 338-4143~5
팩스 (02) 333-3847
지로 3044937
홈페이지 www.dolbegae.com
전자우편 book@dolbegae.co.kr

KDC 891.83
ISBN 89-7199-126-7 03890

베트남의 신화와 전설

책머리에

　이 책은 14세기 후반경에 성립된 베트남의 신화전설집 『영남척괴열전』(嶺南摭怪列傳)을 번역한 것이다. 『영남척괴열전』은 그 저자가 미상이며, 한문으로 씌어진 책이다. 베트남에서는 대대로 인기가 높아 많은 이본(異本)이 형성되었다.

　외국인이 우리나라를 깊이 이해하는 데 도움이 되는 고전으로 『삼국유사』를 첫손에 꼽을 수 있듯이 『영남척괴열전』은 우리가 베트남을 깊이 이해하는 데 그 어떤 책보다 중요한 의의가 있는 고전이다. 왜냐하면 이 책은 베트남 민족의 기원과 국가 형성에 관한 신화를 수록한 베트남 최초의 문헌일 뿐만 아니라, 베트남 민중의 신앙과 세계인식, 베트남 민족의 강한 자의식, 베트남에 존재하는 독특한 풍속들, 베트남의 산천과 영웅들, 이 모두에 대해 베트남인 스스로 이야기한 책이기 때문이다. 이 점에서 『영남척괴열전』은 비단 문학이나 역사만이 아니라 사상사·인류학·민속학·신화학 등의 영역과도 두루 관련된 책이다.

　역자는 이 책을 번역하면서 올 여름의 지루한 장마를 보냈다. 남국의

4

신령스럽고 기이한 이야기에 푹 빠져 가간사(家間事)로 인한 우울도 얼마간 잊을 수 있었다. 이래저래 베트남은 내 삶에 깊이 들어와 있다.

이 책의 편집을 맡아 수고해 주신 김수영 씨에게 감사의 뜻을 전한다.

2000년 10월
역자 씀

차 례

서문

    계해(桂海)¹⁾는 비록 영남(嶺南)²⁾에 있긴 하나 기이한 산천과 신령한 땅, 호걸스런 사람과 신이한 물건이 왕왕 있었다. 춘추전국시대 이후와 상고시대 사이의 시간적 거리는 그리 멀지 않지만 베트남의 풍속은 간략함을 숭상하는 관계로 역사책을 편찬하여 당시 일을 기록하지 않았다. 이 때문에 옛일이 대부분 인멸되어 버렸다. 요행히 남아 있는 것이라 할지라도 민간에 구전되는 이야기에 불과하다. 그리하여 양한(兩漢), 동서진(東西晉), 남북조, 당, 송, 원에 이르러 비로소 책을 엮어 베트남의 일을 기록했으니, 『영남지』(嶺南志), 『교광지』(交廣志), 『안남지략』(安南志略), 『교지지략』(交趾志略) 등의 책에서 그 점

---

1) 원래 지금의 중국 광동성(廣東省) 일대인 남해를 말하는데, 여기서는 베트남을 가리킴. 남해에 계수나무가 많으므로 남해를 계해라 부르기도 함.
2) 오령(五嶺)의 남쪽이라는 뜻. '오령'은 중국의 남쪽 변방에 있는 다섯 고개로, 대유령(大庾嶺) · 기전령(騎田嶺) · 도방령(都龐嶺) · 맹저령(萌渚嶺) · 월성령(越城嶺)을 말하는데, 중국의 강서(江西) · 호남(湖南) · 광동(廣東) · 광서(廣西)의 네 성(省) 사이에 위치해 있으며, 지금의 남령산맥(南嶺山脈)에 해당함.

을 자세히 확인할 수 있다. 그러나 우리 베트남은 변방 땅이어서 이들 기록은 소략할 수밖에 없었다.

우리 베트남은 웅왕(雄王) 때 처음 건국되었으며 문명이 차츰 빛나게 된 것은 조(趙),[3] 오(吳),[4] 정(丁),[5] 여(黎),[6] 이(李),[7] 진(陳)[8] 에서 비롯되는바, 지금은 문물이 성대하여 국사[9]의 기록이 아주 상세 하다. 이 책에 실린 열전들은 국사에 전하는 이야기들일까? 이 책이 어 느 시대에 만들어졌고 누구에 의해서 이루어졌는지는 알 도리가 없다. 생각건대 이조(李朝)와 진조(陳朝)의 홍생석유(鴻生碩儒)[10]에 의해 처음 만들어진 후 지금의 호고박아(好古博雅)[11]한 군자에 의해 윤색된 것이 아닐까 한다.

나는 지금부터 이 책에 실린 이야기들에 대해 하나하나 언급함으로써

---

3) 조(趙) 왕조를 가리킴. 조타(趙佗)가 기원전 207년에 건국한 남월국(南越國)으로, 기 원전 111년에 한(漢)나라에게 망함.
4) 오조(吳朝)를 가리킴. 오권(吳權)이 939년에 창업한 왕조로, 967년에 망함.
5) 정조(丁朝). 정부령(丁部領)이 966년(『大越史記全書』에 의하면 968년)에 세운 왕조 로, 980년에 망함.
6) 전(前) 여조(黎朝)를 가리킴. 980년에 정조(丁朝)의 대장군이던 여환(黎桓)이 세운 왕조로, 30년간 존속했음.
7) 이조(李朝)를 가리킴. 1009년에 전(前) 여조의 좌친위전전지휘사(左親衛殿前指揮使) 였던 이공온(李公蘊)이 세운 왕조로, 1225년에 망함.
8) 진조(陳朝)를 가리킴. 1225년에 이조의 전전지휘사(殿前指揮使)였던 진수도(陳守度) 가 세운 왕조로, 1400년에 망함.
9) 여조(黎朝, 일명 後黎朝) 성종(聖宗) 때인 1479년에 오사련(吳士連)이 편찬한 『대월 사기전서』를 가리킴. 여조는 1428년 명(明)나라와의 항쟁 과정에서 여리(黎利)에 의 해 창업되었으며 1788년에 망함.
10) '학식이 높고 박학한 유사(儒士)'라는 뜻.
11) 옛것을 좋아하고 박식함.

작자의 뜻을 밝히고자 한다.

「태곳적」은 우리 베트남에 처음 나라가 세워진 연유를 자세히 말했으며, 「야차왕」은 점성(占城)의 조짐을 간략히 서술했다.

「흰 꿩」은 월상씨(越裳氏)의 일을 기록한 것이고, 「금빛 거북」은 안양왕(安陽王)의 일을 말한 것이다.

베트남의 혼례 풍속에서 빈랑만큼 소중한 물건은 없다. 「빈·랑 형제」는 부부의 의리와 형제의 화목함을 밝혔다. 베트남의 여름 물산 중 수박만큼 소중한 것은 없다. 「서쪽에서 온 외」는 자신의 재물을 믿고 임금의 은혜를 돌아보지 않던 사람의 일을 드러냈다.

「찐 떡」은 효성으로 어버이를 섬긴 이를 기렸으며, 「하오뢰」는 음란한 행실을 경계했다.

「동천왕」은 은(殷)나라의 침략을 물리친 일을 말했고, 「이옹중」은 흉노를 막은 일을 서술했다. 이 두 이야기로써 베트남에 인물이 있었음을 가히 알 수 있다.

저동자가 선용 공주를 만난 일,12) 최위가 선녀를 배우자로 맞은 일13)은 착한 일을 하면 복을 받음을 보여준다.

「도행 선사」와 「공로 선사」 등은 부친을 위해 복수한 일을 기리고 선승(禪僧)들의 행적을 길이 전하기 위해 씌어졌다.

「물고기의 정령」과 「여우의 정령」은 요괴를 퇴치한 일과 용군(龍君)의 덕을 잊을 수 없음을 말하고자 한 것이다.

장씨(張氏) 형제는 충의가 빼어나 죽은 후에 그 지방의 신령이 되었으니 이들을 표창한들 누가 그르다 하겠는가?14) 산원산 신령은 능히

---

12) 「하룻밤 새 생긴 못」을 가리킴.
13) 「월정」을 가리킴.

수족(水族)을 물리쳤으니 그 공을 드러내어 기린다 한들 누가 이의를 제기하겠는가?[15]

그리고 남조(南詔)는 조(趙) 무제(武帝)의 후손들로서 비록 나라는 망했지만 후손들이 능히 그 복수를 했다고 할 만하며,[16] 만랑은 목불(木佛)의 모친으로서 가뭄이 들 때면 능히 비를 내렸다.[17]

소력은 용두(龍肚)의 신령이고[18] 창광은 전단나무의 정령이다.[19] 소력의 경우 사당을 세워 그 제사를 지내매 백성이 편안해졌고, 창광의 경우 방술(方術)을 써서 제거함으로써 백성이 비로소 그 화를 면했거늘, 일이 비록 괴상하나 터무니없는 데에는 이르지 않았고, 글이 비록 기이하나 요상한 데에는 이르지 않았다.

이처럼 이 책에 실린 이야기들은 비록 황당하여 이치에 맞지 않는 듯한 혐의가 있지만 그 자취인즉슨 근거가 있다. 또한 모두 권선징악에 해당하는 내용이며, 사람들로 하여금 거짓됨을 없애고 참됨에 나아가게 함으로써 아름다운 풍속을 고취하고자 하는 의도를 담고 있다. 그러니 저 진(晉)나라 사람이 지은 『수신기』(搜神記)나 당나라 사람이 지은 『유괴록』(幽怪錄)과 동일한 성격의 책이라 하겠다.

아아, 베트남에는 기이한 일이 많거늘 이 책의 이야기들이 돌에 새겨지거나 출판되지 않더라도 사람들의 마음에 각인되고 입으로 길이 전해져 아이나 늙은이나 모두 일컬으면서 흠모할 점을 발견하거나 징계할

---

14) 「용안과 여월의 두 신령」을 가리킴.
15) 「산원산 신령」을 가리킴.
16) 「남조」를 가리킴.
17) 「만랑」을 가리킴.
18) 「소력」을 가리킴.
19) 「나무의 정령」을 가리킴.

점을 발견한다면 윤리 및 교화(教化)에 이바지함이 어찌 적다고 할 것인가.

나는 홍덕(洪德) 임자년(壬子年)[20] 봄에 처음 이 책을 얻어 펼쳐 보았는데 글자의 착오가 없지 않았다. 이에 나는 나의 고루함을 잊고서 교정(校正)하는 작업을 하여 책을 두 권으로 만들고 책 이름을 '영남척괴열전'(嶺南摭怪列傳)이라고 했으며, 집에 간직하여 읽을거리로 삼고자 했다. 정정(訂正)하고 윤색함으로써 사적이 자세해지고 문장이 아담해지며 표현이 정확해지고 의미가 심원해지게 만드는 일은 어찌 뒤에 올 호고군자(好古君子)[21] 중에 그 일을 할 사람이 없겠는가! 이에 그 서문을 쓴다.

홍덕 23년[22] 중추절에 무술과(戊戌科)[23] 진사 무림랑(茂林郎)[24] 경북도(京北道) 감찰어사 홍주(洪州)[25] 택오백(澤塢伯)[26] 무경(武瓊)[27] 안온(晏溫)[28]이 삼가 쓰다.

---

20) 1492년에 해당함. '홍덕'은 여조(黎朝) 성종(聖宗, 재위 1460~1497)의 연호임.

21) '옛것을 좋아하는 군자'라는 뜻.

22) 1492년에 해당함.

23) 홍덕 9년(1478) 무술년에 치러진 진사시(進士試)를 가리킴.

24) 무림랑은 품계를 가리키는 말로 여겨짐.

25) 홍주는 본관으로 여겨짐.

26) 택오백은 봉호(封號)임. 그 고향이 당안현(唐安縣) 모택향(慕澤鄉)이었기에 '택오백'에 봉해졌다고 생각됨.

27) 1452(3?)~1516. 자는 수박(守樸), 호는 독재(篤齋), 별호는 연창(燕昌). 공부(工部)·이부(吏部)·병부(兵部)·예부(禮部) 상서(尙書)를 지냈고 국자감 사업(國子監司業)과 국사관 도총재(國史館都總裁)를 겸임했음. 저작 활동을 활발히 하여『대월통감통고』(大越通鑑通考),『산법대성』(算法大成) 등의 책과『소금』(訴琴)이라는 시집을 저술했음.

28) 안온은 자(字).

제1부

.....

태곳적

염제(炎帝) 신농씨(神農氏)[1]의 3세손 제명(帝明)이 제의(帝宜)를 낳은 후 남쪽에 순수(巡狩)하여 오령(五嶺)[2]에 이르러 무선(婺仙)의 딸을 만났다. 제명은 그녀를 데리고 돌아와 녹속(祿續)을 낳았는데, 녹속은 용모가 단정했으며 총명하고 숙성(夙成)하였다. 제명이 기특하게 여겨 제위(帝位)를 물려받게 했다. 그러나 녹속은 고사하며 그 형에게 양보했다. 이에 제명은 의(宜)를 세워 제위를 잇게 하고 북쪽 땅을 다스리게 했다. 한편 녹속을 경양왕(涇陽王)에 봉해 남방을 다스리게 했는데, 그 나라 이름을 적귀국(赤鬼國)이라고 했다. 경양왕은 능히 수부(水府)에 출입할 수 있어 동정군(洞庭君) 용왕의 딸에게 장가들어

---

1) 염제가 곧 신농씨임. 중국 전설에 나오는 인물로서 상고시대에 성이 강씨(姜氏)인 부족의 임금이었다고 함. 또 남방은 5행으로 볼 때 '불'에 해당하므로 남방의 임금을 염제라 한다고 함. 사마천이 저술한 『사기』 「오제본기」(五帝本紀)에는 "염제가 제후를 침략하려 하자 제후들이 모두 헌원씨(軒轅氏 : 黃帝)에게 귀의했다"라는 말이 보임.
2) 「서문」의 주 2를 참조할 것.

숭람(崇纜)을 낳았으니 이 분이 곧 낙용군(貉龍君)이다. 경양왕은 낙용군에게 자기 대신 나라를 다스리게 했는데, 그후 행방을 알 수 없다.

낙용군은 백성들에게 밭 갈고 씨 뿌리고 농사짓고 누에 치는 법을 가르쳤다. 그리고 처음으로 군신(君臣)과 존비(尊卑) 간에 차등을 두게 했으며, 부자(父子)와 부부 사이의 인륜을 마련했다. 낙용군은 때때로 수부(水府)로 돌아갔지만, 백성들은 편안하여 아무 일이 없었다. 백성들은 무슨 일이 생기면 큰소리로 용군을 부르기를,

"아버지! 어디 계시나요? 왜 얼른 와서 저희를 살려 주시지 않나요!"

라고 하였다. 그러면 용군이 즉시 달려왔으니, 그 신령한 감응은 사람들이 능히 헤아릴 수 없을 정도였다.

제의는 그 아들 제래(帝來)에게 제위를 물려주었다. 제래는 북방에 아무 일이 없자 할아버지 제명이 남쪽에 순수하여 무녀를 만났던 일을 생각하고, 가까운 신하 치우(蚩尤)에게 자기 대신 국사를 맡아 보라 분부하고는 남쪽의 적귀국을 순수했다. 마침 그때 용군은 수부에 가고 없었다. 이에 제래는 사랑하는 딸 구희(嫗姬) 및 시종과 시비(侍婢)들을 행재(行在)³⁾에 남겨 둔 채 천하를 두루 다니며 널리 형세를 살폈다. 거기에는 아름답고 기이한 꽃과 풀, 진귀한 날짐승과 들짐승, 무소와 코끼리와 큰 바다거북, 금과 은, 산초나무와 계수나무,⁴⁾ 종유석, 침향목과 단향목,⁵⁾ 각종 산나물과 해산물 등 없는 것이 없었다. 또한 사철의 기후가 춥지도 않고 덥지도 않았다. 그리하여 제래는 이곳을 사랑하

---

3) 행재소(行在所). 임금이 거둥할 때 일시적으로 머물던 곳을 일컫는 말.

4) 산초나무와 계수나무는 향기가 좋아 귀중하게 여겨졌음.

5) 침향목과 단향목은 향기가 좋아 향의 원료로 사용되거나 고급 가구의 재목으로 사용되었음.

여, 즐겁게 지내며 돌아갈 것을 잊었다.

남방의 백성들은 괴롭게도 북방의 닦달을 받아 옛날처럼 편히 살 수 없게 되자 밤낮으로 용군이 돌아오기만 바랐다. 그리하여 서로 모여 큰 소리로 용군을 부르며 말하기를,

"아버지! 어디 계시나요? 어서 와서 저희들을 구해 주세요!"

라고 하였다. 그러자 용군이 얼른 달려왔다. 용군은 구희가 혼자 있는 데다 얼굴이 퍽 예쁜 것을 보자 기뻐했다. 이에 용군은 미소년으로 변신했는데, 그 모습이 수려하였다. 용군의 전후좌우에는 시중드는 사람들이 많았으며 악기를 연주하는 소리가 행재에까지 들렸다. 구희는 이를 보고 용군을 좋아하는 마음이 생겼다. 용군은 구희를 맞아 용대암(龍坮巖)으로 갔다.

마침내 제래가 돌아왔다. 제래는 구희가 보이지 않자 뭇 신하들에게 명령하여 천하에 두루 찾게 하였다. 이에 용군은 신술(神術)을 부려 온갖 모습으로 변신해, 요정이 되기도 하고, 귀매(鬼魅)가 되기도 하고, 용이나 뱀, 호랑이나 코끼리가 되기도 했다. 구희를 찾던 이들은 두렵고 겁이 나 감히 수색할 수가 없었다. 제래는 그만 북으로 돌아갔다.

제래에게 제위를 물려받은 제유망(帝楡罔) 때 이르러 치우가 반란을 일으켰다. 황제(黃帝)[6]가 제후의 군대를 이끌고 치우와 싸웠으나 이기지 못했다. 치우는 짐승의 모습이었으나 사람 말을 했는데, 용맹스럽고 위엄이 있었다. 어떤 이가 황제로 하여금 짐승 가죽으로 북을 만들어 그것으로 명령을 내리며 싸우라고 했다. 그렇게 했더니 치우가 놀라 탁록(涿鹿)에서 패하였다. 제유망이 황제와 판천(阪泉)[7]에서 전쟁을 벌

---

6) 한족(漢族)의 시조. 일찍이 판천(阪泉)에서 염제(炎帝)와 싸워 이기고 탁록(涿鹿)에서 치우와 싸워 이기자 제후들이 그를 받들어 천자로 삼았다고 함.

였는데, 세 번 싸워 패하였다. 그리하여 낙읍(洛邑)8)에 갇혀 있다가 죽었다. 이로써 신농씨는 마침내 망하였다.

용군과 구희가 함께 산 지 1년 만에 구희는 삼9) 하나를 낳았는데, 상서롭지 못하다 하여 들판에 내다 버렸다. 7일이 지나자 삼이 열리며 백 개의 알이 나왔는데, 알 하나마다 사내아이 하나가 태어났다. 그래서 데려와 길렀는데, 젖을 먹이지 않아도 각자 자랐다. 그 모습은 수려하고 기이했으며, 지혜와 용맹함을 다 갖추었다. 사람들은 두려워 복종하면서 비상한 형제들이라고 했다.

용군은 오랫동안 수부에 있어 자식이 있는 줄 잊고 있었으며, 뭇 자식들도 아버지가 있는 줄 모르고 있었다. 모자는 가장 없이 지내고 있어 북쪽 나라로 돌아가려고 생각했다. 모자가 국경에 이르자 황제(黃帝)가 이 사실을 전해듣고 두려워하여 군사를 나누어 변방을 막았다. 그래서 모자는 돌아가지 못하고 남쪽 나라로 되돌아와 용군을 부르며 말하기를,

"아버지! 어디 계시나요? 왜 우리 모자를 이다지도 슬프게 하나요!"
라고 하였다. 그러자 용군이 얼른 달려와 양야(襄野)에서 서로 만났다. 구희가 울며 말했다.

"저는 본래 북쪽 사람인데 당신과 살아 백 명의 사내아이를 낳았어요. 이 아이들을 양육할 길이 없으니 당신을 따라갔으면 해요. 우리를 내팽개쳐 남편 없고 아비 없는 사람으로 만들어 슬픔에 잠기게 하지 마

---

7) 하북성(河北省) 탁록현(涿鹿縣) 동쪽에 있음. 사마천의 『사기』 「오제본기」에 황제 (黃帝)가 판천의 들에서 염제와 싸웠다는 기록이 보임.
8) 중국의 낙양(洛陽)을 말함.
9) 뱃속의 아이를 싸고 있는 막과 태반을 가리키는 말.

세요."

용군이 대답했다.

"나는 용의 종내기로 수족(水族)의 우두머리이고 당신은 선인(仙人)
의 종내기로 지상의 사람이니, 비록 음양의 기운이 합해져 자식이 태어
나기는 했으나, 물과 불처럼 상극이요 종류가 서로 다른지라 오래 함께
살기는 어렵소. 그러니 이제 서로 헤어집시다. 50명의 아이는 내가 수
부로 데리고 가서 각처(各處)를 나누어 다스리게 할 테니, 당신은 나머
지 50명과 함께 지상에 남아 자식들로 하여금 나라를 나누어 다스리게
하오. 산에 있든 물 속에 있든 무슨 일이 생기면 서로 알리고 관계를 끊
지 말도록 합시다."

백 명의 자식들은 그 말에 따랐다. 그리하여 용군과 50명의 자식은
떠났다.

구희와 나머지 50명의 자식은 봉주(峯州)[10]에 거처했는데, 자식 가
운데 웅장(雄長)한 자를 추대해 임금으로 삼아 웅왕(雄王)이라 칭하
고, 국호를 문랑국(文郞國)이라 했다. 문랑국은 동으로 남해(南海)[11]
를 끼고, 서로는 파촉(巴蜀)을 경계로 했으며, 북으로는 동정호(洞庭
湖)에 닿고, 남으로는 호손정국(狐猻精國)[12]에 접했다. 나라를 15부
(部)로 나누었는데, 교지(交趾), 주연(朱鳶), 육해(陸海), 복록(福
祿), 월상(越裳), 영해(寧海),[13] 양천(陽泉), 계양(桂陽), 무녕(武

---

10) 원주(原註)에 "지금의 백학현(白鶴縣)이 그곳이다"라고 했음.
11) 지금의 중국 광동성 일대.
12) 원주에 "지금의 점성(占城)이 그곳이다"라고 했음. '호손정국'(狐猻精國)은 '호손국'
    이라고도 하는데, '狐'자는 '胡'자로 '猻'자는 '孫'자로도 표기함. '점성'은 옛날 베트남의
    남쪽에 있던 왕국인 점파(占婆)를 말하는데, 지금의 베트남 중부 지역이 그 영토였음.
13) 원주에 "지금의 남녕(南寧)이 그곳이다"라고 했음.

寧), 회환(懷驩), 구진(九眞), 일남(日南), 진정(眞定), 계림(桂林), 상군(象郡) 등의 부(部)가 그것이다. 웅왕은 이들 부를 동생들에게 나눠 주어 다스리게 했다. 그 다음 위계(位階)로 장상(將相)을 두었는데, 상(相)은 락후(貉侯)라 하고 장(將)은 락장(貉將)이라고 했다. 왕자는 관랑(官郞), 공주는 미랑(媚娘), 일을 담당하는 벼슬아치는 포정(蒲正), 하인은 앙(卬), 여종은 초칭(稍稱), 신하는 괴(瑰)라고 불렀다. 그리고 대대로 아버지가 자식에게 왕위를 물려주는 걸 포도(逋導)라고 했다. 그리하여 대대로 왕위를 전하면서 웅왕이라 부르고 그 칭호를 바꾸지 않았다.

당시 숲과 산록의 백성들이 강에서 물고기를 잡을 때 왕왕 교룡(蛟龍)[14]에게 해를 입었다. 그래서 왕에게 사뢰었더니 왕이 말하기를,

"산만(山蠻)[15]의 종내기는 수족과 다르거늘, 교룡은 자기 부류를 좋아하고 다른 부류를 싫어하는지라 너희들을 침해하는 것이다."
라고 했다. 그리고 사람을 시켜 백성들의 몸에다 먹으로 용군의 모습과 수중 괴물의 형상을 새기게 했는데, 이후 백성들이 교룡에게 물리지 않았다. 백월(百越)[16]의 문신(文身)하는 풍속은 실로 여기서 비롯되었다.

국초(國初)에 백성들이 물자가 부족해서 나무껍질로 옷을 삼았고, 왕골로 자리를 만들었으며, 쌀뜨물로 술을 담그고, 광랑(桄榔)[17]과 종려[18] 열매로 밥을 삼았으며, 금수·물고기·새우로 젓을 담그고, 생강 뿌

---

14) 이무기. 모양이 뱀과 같고 넓적한 네 발이 있다고 믿었던 상상의 동물.
15) 원래 산간에 거주하는 중국 남방 민족을 일컫는 말인데 여기서는 베트남인을 가리킴.
16) 중국 남쪽, 베트남 북부에 살던 월인(越人)의 총칭.
17) 광랑나무. 야자과에 속하는 상록 교목으로, 그 열매는 식용함.
18) 야자과에 속하는 상록 교목.

리로 소금을 삼았다. 화전으로 농사를 지었는데 땅에 찰벼가 많이 나 죽통에다 밥을 해 먹었다. 그리고 나무를 엮어서 집을 지어 범이나 이리의 해를 피하였다. 또 머리를 짧게 깎아 숲 속을 다니기에 편하게 했다. 자식이 태어나면 바나나 잎에다 누이고, 사람이 죽으려 하면 절구질을 해 인근 사람에게 알림으로써 와서 구하게 하였다. 남녀가 혼인할 때에는 먼저 한 봉지 소금을 예물로 보낸 후에 소와 양을 잡아 혼례를 올렸다. 그리고 찹쌀밥을 방에 넣어 주어 서로 다 먹게 한 후 초야(初夜)를 치르게 하였다. 당시는 빈랑(檳榔)[19]이 없었기 때문에 그렇게 했다. 구희가 낳은 백 명의 아들은 백월(百越)의 시조다.

---

19) 종려과의 상록 교목인 빈랑나무의 열매로 식용함. 베트남의 옛 풍속에 여자 집에서 남자 집에 빈랑을 보내어 이것이 받아들여지면 혼인이 성립되었음.

물고기의 정령

동해에 물고기의 정령이 있었는데, 길이가 50장(丈)[1]이 넘고 발이 여러 개이며 생김새는 지네 같았다. 그 조화가 무궁하여 신령스럽고 기이함을 헤아릴 수 없었다. 움직이면 풍우를 일으켰으며 능히 사람을 잡아먹었으므로 사람들이 몹시 두려워하였다.

상고시대에 물고기가 있었는데 그 모양이 사람과 흡사했다. 동해안에서 노닐다가 사람으로 탈바꿈하여 언어를 통하게 되었다. 차츰 생장하면서 남녀의 수가 많아지자 물고기, 새우, 조개를 먹게 되었다. 또 단인(蛋人)[2]이 있었는데, 해도(海島)에 살면서 물고기를 잡아먹고 살았다. 이 또한 후에 사람이 되어 만인(蠻人)과 소금, 쌀, 의상, 칼, 도끼 등을 교역하며 늘 동해 사이를 왕래했다.

물고기 정령이 있는 바위는 이빨 모양처럼 쭈뼛쭈뼛했으며 바닷가를

---

1) 8척 혹은 10척에 해당하는 길이의 단위.
2) 중국 남방의 강에서 수상 생활을 하면서 어업으로 살아가던 족속.

가로지르고 있었다. 바위 아래 부분에 큰 구멍이 있었는데 물고기 정령은 바로 거기에 살고 있었다. 그곳은 바람과 파도가 심해 배가 지나갈 수가 없었다. 그래서 사람들은 다른 곳에 뱃길을 내고자 했으나 단단한 바위를 뚫을 수가 없었다. 이 때문에 백성들의 배가 이곳을 지나다가 물고기 정령에게 해를 입는 일이 많았다. 그런데 어느 날 밤 선인(仙人)들이 바위를 뚫어 뱃길을 내어 그곳을 왕래하는 사람들을 이롭게 하고자 했다. 뱃길이 장차 열리려 하자 물고기 정령은 백학(白鶴)으로 화하여 산 위에서 울어댔다. 뭇 선인들은 이 소리를 듣고 이미 새벽이 되었는가 보다 생각해 일을 하다 말고 그만 모두 하늘로 날아올라갔다. 지금도 이곳을 선도항(仙陶港)[3]이라고 부른다.

　용군은 백성들이 해를 입는 것을 불쌍히 여겨 백성의 배로 화한 다음 수부(水府)의 야차(夜叉)[4]에게 분부해 해신(海神)으로 하여금 파도를 일으키지 못하게 했으며, 배를 몰아 물고기 정령이 사는 바위에 이르러 짐짓 사람 하나를 먹이로 던져 주는 시늉을 했다. 그러자 물고기 정령은 입을 쩍 벌려 삼키려고 했다. 용군은 그때 시뻘겋게 달군 쇠뭉치를 그 입 속에 던져 넣었다. 물고기 정령은 펄쩍펄쩍 뛰며 배에 부딪혔다. 용군은 그 꼬리를 베어 버리고, 껍질을 벗겨 내어 산 위에 펼쳐 놓았다. 지금 그곳을 백룡미(白龍尾)라고 부른다. 물고기 정령의 대가리는 바다 밖으로 흘러가더니, 개로 화하여 달아났다. 이에 용군은 돌로써 바다를 메운 다음 그걸 베어 버렸다. 그러자 그것은 개 대가리로 화했다. 지금 그곳을 구두산(狗頭山)이라고 부른다. 그 몸뚱이는 만구(曼求)로 흘러갔다. 그래서 지금 거기를 '만구수'(曼求水)라고 부른다.

---

3) 선인(仙人)이 만든 뱃길이라는 뜻.
4) 귀졸(鬼卒).

여우의 정령

승룡성(昇龍城)1)은 옛적에 용편(龍編)이라고 불렸는데, 상고시대에는 거주하는 사람이 없었다. 이조(李朝) 태조(太祖)2)가 이하진(珥河津)3)에 배를 띄웠을 때 두 마리 용이 뱃길을 인도한 데서 '승룡'이란 이름이 붙었다. 태조는 마침내 이곳을 도읍으로 삼았으니, 곧 지금의 서울이다.

원래 성 서쪽에 작은 돌산이 있었으며 그 동쪽으로 소력강(蘇瀝江)이 흘렀다. 산 아래 굴에는 흰 구미호가 살았는데, 나이가 천 살이 넘어 요상한 일을 일으키며 그 조화가 무궁했다. 구미호는 사람이나 귀신으로 화해 민간에 돌아다녔다.

---

1) 당나라 때 안남 절도사였던 고변(高騈)이 쌓은 대라성(大羅城)을 가리킴. 지금의 하노이.
2) 이조(李朝)는 1009년에서 1225년까지 지속된 베트남 왕조. 태조(太祖)는 이조의 창업자로 이름은 이공온(李公蘊)이며, 18년간 재위했음.
3) '이하'(珥河)는 하노이 근처의 홍하(紅河)를 말함.

당시 산원산(傘圓山)4)에는 만인(蠻人)들이 나무를 엮고 풀을 꼬아 집을 짓고 살았다. 만인들은 이 산의 신령을 잘 받들어 섬겼다. 산신령은 만인들로 하여금 밭 갈고 길쌈을 해 흰 옷을 지어 입게 했다. 그래서 이 만인들은 백의만(白衣蠻)5)이라고 불렸다. 구미호는 흰 옷을 입은 사람으로 화하여 만인들 속에 들어가 함께 노래를 불렀으며 만인의 남자와 여자를 꾀어 돌산의 바위굴로 데려갔다. 이 때문에 만인들은 괴로웠다.

용군(龍君)은 마침내 수부(水府)의 병졸들을 뭍으로 올려 보내 돌산을 공격해 깨뜨려 버리게 했다. 구미호가 달아나자 수부의 병졸들은 그 뒤를 쫓았으며, 구미호를 잡아서 먹어 버렸다. 부서진 돌산은 깊은 못이 되었는데, 지금 호시담(狐尸潭)6)이라고 불린다. 마침내 그 곁에 절7)을 세워 요사한 기운을 눌렀다. 못 서쪽 언덕의 평평한 들판에서는 농사를 짓는데, 사람들은 그곳을 호동(狐洞)8)이라 부른다. 지대가 높은 곳에는 백성들이 집을 짓고 사는데, 그곳은 호촌(狐村)9)이라 불린다. 그리고 여우가 살던 바위굴은 지금도 노호담(魯狐潭)10)이라 불린다.

---

4) 베트남 민족이 예로부터 영산(靈山)으로 섬겨 온 산임.
5) '흰 옷을 입는 만인'이라는 뜻.
6) '여우 무덤이 있는 못'이라는 뜻. 원주(原註)에 "지금의 서호(西湖)가 그곳이다"라고 했음. '서호'는 하노이 서북의 호수.
7) 원주(原註)에 "지금의 금우사(金牛寺)다"라고 했음.
8) 여우골.
9) 여우마을.
10) 여우못.

나무의 정령

상고시대 봉주(峯州) 땅에 큰 나무가 하나 있었는데 이름을 전단(旃檀)이라고 했다. 높이는 천 인(仞)[1]이 넘고 가지와 잎은 무성하여 대체 몇 천 장(丈)이나 뻗었는지 알 수 없었다. 학이 이 나무에 날아와 깃들였으므로 땅 이름을 백학(白鶴)이라고 했다.

몇 천 년이 지나자 나무는 늙어 말라죽었으며 화하여 정령이 되었는데, 그 조화가 변화무쌍하여 능히 사람과 동물의 목숨을 빼앗았다. 경양왕(涇陽王)이 신술(神術)로 그를 눌러 횡포는 조금 줄었으나 그럼에도 오늘은 여기서 내일은 저기서 조화를 부려 늘 사람을 잡아먹었다. 그래서 백성들은 사당을 세워 빌었으며 매년 한 해의 마지막 날인 12월 30일에 산 사람을 바쳤다. 그러자 나무의 정령이 횡포를 부리지 않아 백성의 삶이 편안해졌다. 사람들은 나무의 정령을 창광신(猖狂神)이라 불렀다. 서남쪽의 땅이 미후국(獼猴國)[2]에 가까웠으므로 웅왕(雄王)

---

1) 7척 혹은 8척에 해당하는 길이의 단위.

은 파로(婆路)3)의 만인(蠻人)에게 분부해 산야(山野)에서 요자(獠子)4)를 잡아오게 했으며 이를 창광신에게 바쳤다. 이 일은 해마다 되풀이되었다.

급기야 진시황(秦始皇)이 임효(任囂)를 용천(龍川) 현령에 임명하자,5) 임효는 그 폐단을 혁파하여 산 사람을 사당에 바쳐 기도하지 못하게 했다. 그러자 창광신은 노하여 임효를 죽였다. 이 일이 있은 후 사람들은 더욱 삼가 창광신을 섬겼다.

정조(丁朝) 선황(先皇)6) 때에 유문모(兪文牟)라는 도사가 있었다. 본래 중국인으로 행실이 조촐했으며, 사십여 세 때부터 여러 나라를 두루 다녀 갖가지 만어(蠻語)를 알았다. 그는 불로장생술을 익혔는데, 우리나라에 왔을 때 이미 나이 여든이었다. 선황은 스승의 예로써 도사를 섬겼으며, 도사로 하여금 방술(方術)로 창광신을 속인 다음 죽이게 하였다. 도사에게는 상기(尙騎), 상간(尙竿), 상달(尙韃), 상쇄(尙碎), 상구(尙鉤), 상험간(尙險竿), 낙마인(落馬人), 창아(唱兒) 등의 방술이 있었다.

도사는 해마다 11월이 되면 높이 20장(丈)의 가설 무대를 설치하여 그 한가운데에 나무를 세웠다. 그리고 삼 껍질을 꼬아서 큰 새끼줄을

---

2) 호손국(狐猻國) 혹은 호손정국(狐猻精國)이라고도 하는데 지금의 베트남 중부 지역에 있던 나라인 점파(占婆)를 가리킴.

3) 원주(原註)에 "지금의 연주부(演州府)다"라고 했음.

4) 중국 남방의 소수 민족으로, 산림에서 생활했음.

5) 용천은 중국의 남방인 남해군(南海郡)에 속한 현(縣). 그런데 이 부분은 착오가 있는 바, 당시 임효는 남해군 군수였고, 용천현은 조타(趙佗)가 현령을 맡고 있었음.

6) 정조(丁朝)는 968년부터 980년까지 2대에 걸쳐 13년간 존속한 베트남의 왕조 이름. 선황(先皇)은 그 창업자인 정부령(丁部領)을 가리킴.

만들었는데 길이는 136척이고 지름이 3촌이었다. 이 새끼줄의 바깥을 등나무 껍질로 만든 밧줄로 다시 꼰 다음 새끼줄의 양끝을 땅에 묻어 고정시켰다. 새끼줄은 그 중간이 나무 위에 오도록 조정했다.

상기(尙騎)는, 그 새끼줄을 밟고 올라가 빠른 걸음으로 두세 번 왕래하나 땅에 떨어지지 않는 기술이다. 그때 머리에는 검은 두건을 쓰고 몸에는 검은 치마를 걸친다. 상간(尙竿)은, 길이가 156척이고 가닥이 셋인 새끼를 사용한다. 두 사람이 양손으로 각각 막대를 잡고서 줄 위로 올라가 세 가닥이 난 곳에서 만나 각기 서로 피하는데, 오르락내리락해도 땅에 떨어지지 않는다. 혹 상달(尙鞳)을 하기도 했다. 폭이 1척 3촌, 두께가 7촌인 큰 널빤지를 나무 위에 두는데 높이는 17척이다. 상달이란, 이 널빤지 위에서 두세 차례 도약하여 앞으로 가기도 하고 뒤로 물러나기도 하면서 몸을 거꾸로 돌려 회전하는 기술이다. 혹 상쇄(尙碎)를 하기도 했다. 대나무로 통발 모양의 농(籠)을 엮는데 길이는 3척이고 둘레는 4척이다. 상쇄란, 이 농 속에 들어가 통을 굴려도 넘어지지 않는 기술이다. 혹 상구(尙鉤)를 하기도 했는데, 손뼉을 치며 뜀박질을 하면서 포효하고, 손과 발을 굴리며 가슴을 치고 허벅지를 치면서 나아갔다 물러갔다 올라갔다 내려갔다 하는 기술이다. 혹 낙마인(落馬人)을 하기도 했는데, 말을 타고 달리다가 몸을 드리워 땅에 있는 물건을 집지만 몸이 땅에 떨어지지 않는 기술이다. 혹 상험간(尙險竿)을 하기도 했는데, 위쪽을 향해 몸을 눕혀 발에 긴 장대를 세워 동자로 하여금 그 위에 올라가게 하는 기술이다. 혹 창아(唱兒)를 하기도 했는데, 징을 치고 북을 두드리며 춤추고 노래하면서 요란하게 떠드는 방술이다.

도사는 이런 방술을 행하면서 창광신에게 희생을 바쳐 제사를 지냈

다. 창광신은 희생을 먹으면서 방술을 구경했다. 바로 그때 도사는 주
문을 외면서 칼로 창광신을 베어 버렸다. 그리하여 창광신과 그 부하들
이 모두 다 죽었다. 이후 요괴가 사람을 해치는 일이 사라졌으며, 매년
산 사람을 희생으로 바치는 관례가 없어져 백성들이 온전히 살 수 있게
되었다.

빈·랑 형제

상고시대에 한 왕자가 있었는데 그 몸집이 커서 국왕이 고(高)라는 이름을 내렸다. 이 때문에 왕자는 '고'를 성으로 삼았다. 왕자는 두 아들을 낳았는데, 큰아들의 이름은 빈(檳)이고, 작은아들의 이름은 랑(榔)이었다. 둘은 너무 닮아 분간하기 어려웠다. 빈·랑이 열예닐곱 살 되었을 때 그 양친은 모두 세상을 떴다.

부모가 돌아가신 후 형제는 스승을 찾아가 공부를 했다. 그 스승인 유현도(劉玄道)에게는 딸이 하나 있었는데 빈·랑과 비슷한 또래였다. 그녀는 결혼하고 싶은 마음이 있었지만 누가 형이고 누가 아우인지 알 수 없었다. 그래서 죽 한 그릇과 젓가락 한 짝을 두 사람에게 주고는 두 사람을 관찰했다. 아니나다를까 한 사람이 다른 사람에게 양보하는 것이었다. 이를 보고 양보하는 사람이 동생인 줄 알았다. 그녀는 마침내 자신의 부모께 말씀드려 형에게 시집갔다.

부부의 정은 날로 깊어 갔다. 그러나 그후 형이 아우를 대하는 태도는 예전만 못했다. 아우는 스스로 서러워했으며, 형이 형수를 사랑하여 아우를 잊었다고 생각해 아무 말도 하지 않고 집을 떠났다. 시골 들판에 이르렀을 때 갑자기 깊은 강이 나타났는데, 배가 없어 건널 수가 없었다. 아우는 홀로 앉아 엉엉 울다가 그만 죽었으며, 화하여 강 어귀의 나무가 되었다.[1]

급기야 형은 아우가 사라진 것을 깨닫고 처와 하직한 후 아우를 찾아 나섰다. 형은 아우가 이미 죽은 것을 알고는 나무 곁에 투신하여 바위가 되어 나무 뿌리가 자기를 칭칭 감게 했다.

처는 남편이 한참이 지나도 돌아오지 않는 것을 이상하게 여겨 남편을 찾아 나섰다. 급기야 그곳에 이르러 남편이 이미 죽은 것을 알고는 마침내 돌을 안고 투신했다. 처는 죽은 후 덩굴로 화하여 바위를 에워쌌는데, 그 잎은 맛이 향기롭고 맵싸했다.[2]

유씨의 부모는 애통해하며 이들이 죽은 곳에다 사당을 세워 그 제사를 지냈다. 당시 사람들은 그곳을 지날 때면 모두 분향하고 절했으며, 형제의 우애와 부부의 절의를 칭찬했다.

7, 8월 사이 더위가 채 물러가지 않았을 때 웅왕이 순행하다가 이곳에 머물며 더위를 식히고 있을 때였다. 웅왕은 사당 앞의 나뭇잎이 몹시 우거진 데다가 덩굴 잎이 무성한 것을 보자 바위 위에 올라가 자세히 살펴보았다. 왕은 그 연유를 캐물어 거기에 깃든 사연을 알게 되자 한참 동안 탄식했다. 그리고 즉시 신하로 하여금 덩굴 잎을 따 오게 하여 입에 넣어 씹다가 바위 위에 뱉었다. 그 색은 선홍빛이었으며 맛이 썩 좋았다. 왕은 그것들을 가지고 궁궐로 돌아왔다. 그리고 돌을 불에 구워 재로 만든 다음 그 재를 나무 열매 및 덩굴 잎과 함께 먹으라고 분

---

1) 원주(原註)에 "빈랑이 그것이다"라고 했음.
2) 원주에는 "부류(芙䕯)가 그것이다"라고 했음. 부류는 구장(蒟醬)의 별명임.

부했다. 그 맛은 감미롭고 맵싸했으며, 먹을 때 입술이 물들어 빨갛게 되었다. 마침내 천하에 퍼뜨려 곳곳마다 심게 하였다. 그 뒤 베트남에서는 혼례 때의 대소례(大小禮)에 이 물건을 으뜸으로 쳤다. 지금의 빈랑,3) 구장(蒟醬) 잎, 석회(石灰)가 그것이다. 이것이 바로 베트남 빈랑의 유래다.

---

3) 빈랑나무의 열매. 지름이 3cm쯤이며 색깔은 황색임. 옛 베트남인에게 빈랑은 대단히 중요한 필수품이었다. 구장(蒟醬)의 잎으로 빈랑을 싸서 씹어 이[齒]를 검게 만드는 습속이 있었는가 하면, 귀한 손님이 오면 접대용으로 내놓는 물건이었고, 혼인을 할 때 중요한 예물이었다. 구장은 필발(蓽茇)이라고도 하는데, 높이가 1m 내외인 후춧과의 풀이다.

하룻밤 새 생긴 못

제3대 웅왕 때 일이다. 왕에게는 딸이 하나 있었는데 선용(仙容) 공주라고 했다. 공주는 나이가 열여덟이었으며 용모가 빼어났다. 그러나 시집을 가려고 하지 않고 천하를 떠돌아다니며 놀기를 좋아했다. 왕은 공주를 무척 사랑하여 하는 대로 내버려 뒀다. 공주는 해마다 2, 3월이 되면 배를 띄워 해외에 노닐었는데 즐거운 나머지 돌아오는 걸 잊곤 했다.

당시 천막강(天幕江)[1]의 저사향(褚舍鄉)에 저미운(褚微雲)이라는 사람이 살았는데 그에게는 어린 아들이 하나 있었다. 아버지는 자애롭고 자식은 효성스러웠으나 큰 재난을 만나 재물을 다 잃어 남은 것이라곤 잠방이 하나밖에 없었다. 부자는 바깥 나들이를 할 때면 교대로 이 잠방이를 입었다. 마침내 아버지가 병이 들자 그 아들에게 이렇게 말했다.

"아비가 죽으면 옷을 입히지 말고 장례를 치르도록 해라. 너에게 잠방이를 남기고 가니 아무쪼록 부끄러움을 면했으면 한다."

---

1) 쾌주(快州) 부근의 홍하를 일컫는 말.

그리고는 눈을 감았다. 그러나 아들은 아버지에게 잠방이를 입혀 장례를 치렀다. 옷을 입지 못한 어린 자식은 춥고 배고픈 신세였으나 어쩔 도리가 없었다. 아이는 강가로 나가 낚싯대로 물고기를 잡았다. 그리고 장사치의 배가 지나갈 때마다 물 속에 들어가 구걸해 살아갔다.

그러던 어느 날 선용 공주의 배가 갑자기 나타났다. 아이는 아름다운 음악소리와 화려한 깃발을 보자 놀라서 숨을 곳을 찾았다. 주위를 둘러보니 모래톱에 갈대 몇 그루가 있었다. 아이는 그 속에 숨었다. 그리고 손으로 모래를 파 그 밑에 몸을 숨긴 다음 모래로 위를 덮었다. 이윽고 공주는 배를 이곳에 정박시킨 후 모래톱을 거닐었다. 그리고 휘장으로 갈대를 둘러싸서 목욕하는 곳을 설치하게 했다. 공주는 휘장 안으로 들어가 옷을 벗고 목욕을 했는데, 물을 부으니 모래가 흩어지고 아이 모습이 드러나는 게 아닌가. 공주는 한참 동안 부끄러워했다. 아이가 남자인 것을 알았기 때문이다. 공주가 말했다.

"나는 시집가는 걸 좋아하지 않았어요. 그러나 당신을 만나 백년해로하는 게 하늘의 뜻인가 봐요. 그러니 얼른 일어나 목욕을 하도록 하세요."

공주는 아이에게 옷을 주었다. 그리고 다들 배에서 내려와 음식을 먹으며 즐겁게 놀게 했다. 배에 타고 있던 사람들은 모두 아름다운 만남이며 고금에 없던 일이라고들 했다. 마침내 아이가 그 사연을 자세히 말하니, 공주는 탄식하며 부부가 되자고 하였다. 아이는 극구 마다하였다. 공주가 말했다.

"하늘이 이렇게 만나게 했는데 마다할 수 있겠어요?"

공주의 시종은 웅왕에게 이 사실을 얼른 알렸다. 웅왕은 화를 내며 말했다.

"예법을 돌아보지 않고 재물을 함부로 쓰면서 천하를 돌아다니더니 기껏 가난뱅이에게 시집가겠다고! 무슨 낯으로 나를 볼 건가. 지금부터 제 하고 싶은 대로 하고 다시는 오지 말라고 해라."

선용은 이 말을 전해듣자 두려워 감히 돌아갈 수가 없었다. 마침내 아이와 더불어 장터를 열고 점포를 세워 백성들과 물건을 사고 팔았는데, 얼마 되지 않아 큰 시장을 이루었다.[2] 외국 상인들도 왕래하며 물건을 매매했는데, 선용 내외를 공손히 섬기며 객주로 삼았다. 어느 날 한 대상(大商)이 와서 선용에게 이런 말을 했다.

"금년에 황금 1일(鎰)[3]을 갖고 상인들과 함께 해외에 나가 귀한 물건을 매입한다면 내년에 열 배의 이익을 얻을 수 있을 겁니다."

선용은 기뻐하며 남편에게 말했다.

"우리가 부부가 된 건 하늘의 덕이지만 의식주는 사람이 노력해서 마련하지 않으면 안되지요. 지금 황금 1일을 갖고 상인들과 해외에 나가 귀한 물건을 사 오도록 하세요. 그걸 팔아 남는 이익으로 생활을 꾸려 가도록 해요."

아이는 상인들과 함께 장사를 떠나 해외를 돌아다녔다. 해외에 경위산(瓊圍山)이라는 산이 있었는데 그 산 위에 조그만 암자가 있었다. 상인들은 배를 정박시킨 후 그곳에 물을 길으러 갔다. 아이도 그 암자에 갔는데, 암자에는 부광(伏光)이라는 이름의 젊은 승려가 있어 아이에게 불법을 설하였다. 아이는 마침내 그곳에 머물며 불법을 듣고자 했다. 그래서 갖고 온 황금을 상인에게 주며 자기 대신 물건을 사달라고

---

2) 원주(原註)에 "지금의 심시(深市)다"라고 했음. 심시는 흥안성(興安省) 쾌주현(快州縣) 문강(文江)에 있음.
3) 무게의 단위로 스무 냥 혹은 스물네 냥에 해당함.

했다. 상인들은 돌아오는 길에 암자에 다시 들렀다. 아이를 배에 태워 가기 위해서였다. 부광은 아이에게 지팡이 하나와 삿갓 하나를 주면서,

"신통력이 여기에 있느니라!"

라고 하였다. 아이는 돌아와 부광의 가르침을 선용에게 자세히 일러주었다. 이 말을 듣고 선용은 깨달은 바가 있어 장사를 그만두었다. 그리하여 부부는 스승을 찾아 도를 배우고자 했다. 하루는 먼 길을 갔는데 해는 이미 떨어졌으나 인가는 보이지 않았다. 부부는 잠시 길에서 쉬며, 지팡이를 세워 둔 채 삿갓으로 몸을 덮었다. 한밤중이 되자 갑자기 성곽, 누각, 궁전, 대각(臺閣), 낭우(廊宇)가 나타났다. 창고와 사당에는 금은보화가 가득했고, 자리와 휘장 안에는 선동옥녀(仙童玉女)들이 있었으며, 장사(將士)와 호위병이 앞에 쭉 늘어서 있었다. 이튿날 이를 본 사람들은 깜짝 놀라 저마다 향기로운 꽃과 맛있는 것을 바치며 신하라 칭하였다. 그리하여 마침내 문무백관을 두고, 군대를 나누어 숙위(宿衛)[4]하게 하여, 따로 한 나라를 이루었다.

웅왕이 이 사실을 전해듣고 딸이 반란을 일으켰다고 생각해 군대를 출동시켜 공격하게 했다. 관군이 곧 도착하려 하자 신하들은 응전할 것을 청하였다. 선용은 웃으며 말했다.

"내가 한 일이 아니고 하늘이 시킨 일이며, 게다가 생사는 재천(在天)이거늘 어찌 감히 아버지에게 거역하겠는가? 하늘의 올바른 이치를 좇아, 그들이 마음대로 도륙(屠戮)하도록 내버려 둘 일이다."

당시 새로 모인 무리들은 이 말을 전해듣고 모두 놀라 달아났다. 옛날부터 함께 했던 무리들만 남아 선용과 행동을 같이 했다. 급기야 관

---

4) 숙직하여 지킴.

군이 이르러 자연주(自然洲)에 진을 쳤는데, 서로 큰 강 하나를 사이에 두고 있었다. 그 날은 이미 해가 저물었으므로 관군이 진군하지 않았다. 그런데 한밤중이 되자 갑자기 큰 바람이 일어나 휘익 모래가 날아오르고 우지끈 나무가 뽑혔다. 이에 관군은 큰 혼란에 빠졌다. 그러자 선용의 무리와 성곽은 일시에 하늘로 올라갔다. 그리고 그 땅은 함몰되어 큰 못이 되었다. 이튿날 백성들은 그 자리에 있던 것이 갑자기 사라져 보이지 않자 신령스럽고 기이한 일이라고 생각했다. 그래서 사당을 세워 때에 맞춰 제사를 지냈다. 그 못은 '하룻밤 새 생긴 못'[5]이라 불리고, 그 모래톱은 '만주주'(慢嶹洲)[6]라 불린다. 또 그 시장은 심시(深市)라 불린다.

훗날 이남제(李南帝)[7] 때 양(梁)나라[8] 군대가 침략해 왔다. 남제(南帝)는 조광복(趙光復)[9]을 장수로 삼아 적과 맞서 싸우게 했다. 광복은 군사를 이끌고 이 못 속에 숨었다. 그 못은 깊고 넓어 적이 침입하기가 어려웠다. 광복은 통나무 배를 타고서 수시로 왕래했지만, 적은 그가 어디 있는지 알지 못했다. 광복은 밤이 되면 몰래 통나무 배를 타고 나가 적을 공격하여 양식을 탈취했다. 이렇게 지구전으로 버티며 3, 4년간 교전을 하지 않았다. 그러자 적장 패선(覇先)[10]은 이렇게 탄식

---

5) 원문에 "일야택"(一夜澤)이라 했음.
6) '휘장을 쳤던 모래톱'이라는 뜻임.
7) 중국 남조(南朝)의 양(梁)으로부터 베트남의 독립을 꾀한 이분(李賁)을 가리킴. 그는 544년 만춘(萬春)이라는 나라를 세워 스스로를 남월(南越)의 황제라 칭하고 천덕(天德)이라는 연호를 정했다. 그러나 양나라 원정군과의 싸움에서 패주한 후 547년에 살해되었다.
8) 중국 남북조시대 때 남조의 나라 이름.
9) 이남제의 부장(部將)으로 이남제가 죽은 후 스스로 왕이 됨.

했다.

"옛날 하룻밤에 승천하여 못이 되었다는 말이 정말이구나!"

그때 마침 중국에서 후경(侯景)[11]이 난을 일으키는 바람에 양나라 군주는 패선으로 하여금 귀국하게 하였다. 패선은 비장(裨將) 양잔(楊屛)에게 일을 맡겨 군대를 지휘하게 했다. 광복은 목욕재계한 후 못 가운데 단을 설치하여 향을 사르고 기도했다. 그러자 홀연 신인(神人)[12]이 용을 타고 못에 내려와 광복에게 이렇게 말했다.

"나는 비록 하늘로 올라갔지만 신령함은 아직 남아 있다. 네가 지성으로 기도했으니 내가 널 도와 적을 무찌르겠다."

신인은 마침내 용의 발톱을 광복에게 주면서 말했다.

"이것을 투구에 꽂고 싸우면 적을 전멸시킬 수 있을 것이다."

말을 마치자 그 모습이 보이지 않았다. 광복은 그 말대로 떨쳐 일어나 적을 향해 돌진해 양나라 군대를 대패시키고 진(陣) 앞에서 적의 장수 양잔을 베었다. 이에 양나라 군사들은 달아났다. 광복은 남제가 서거했다는 말을 듣고 스스로 조월왕(趙越王)이 되었으며, 무녕군(武寧郡) 추산(鄒山)을 도성으로 삼았다.

---

10) 양나라 무제(武帝) 때의 장수 진패선(陳覇先)을 가리킴. 훗날 양나라 경제(敬帝)를 폐위시키고 제위에 올라 진조(陳朝)를 세움.

11) 양 무제에 의해 하남왕(河南王)에 봉해졌으나 곧 반란을 일으켰음.

12) '저동자'(褚童子)라 되어 있는 본도 있음.

동천왕

웅왕의 시대에는[1] 천하가 화락했으며, 백성들이 넉넉했다. 은(殷)나라의 왕은 웅왕이 조공을 바치지 않는다고 해서 장차 남방을 순수(巡狩)한다는 핑계를 대고 베트남을 침략하고자 했다. 웅왕이 이 소식을 듣고 뭇 신하를 불러모아 전쟁의 대책을 물었다. 한 방사(方士)가 이렇게 진언했다.

"용군에게 도와달라고 하는 것보다 나은 방법이 없습니다."

왕은 그 말을 따랐다. 마침내 단(壇)을 쌓고 목욕재계한 후 금은과 폐백을 단 위에 놓고 향을 피워 3일을 빌었다. 그러자 하늘에서 큰 뇌성과 함께 비가 내렸다. 그리고 홀연 한 노인이 나타났는데, 키는 6척이 넘고, 얼굴은 넓적하고 배는 컸으며, 수염과 눈썹이 희었다. 노인은 길에 앉아 담소와 가무를 일삼고 있었다. 이 모습을 본 사람이 노인이

---

1) 뒤의 「월정」에서는 "제3대 웅왕" 때라고 했으나 『대월사기전서』에서는 "제6대 웅왕" 때라고 했음.

보통 사람이 아니라고 생각해 왕에게 알렸다. 왕은 친히 나와 절을 하고 단으로 맞아들였다. 노인은 일체 말이 없었으며, 음식도 먹지 않았다. 그래서 왕이 노인에게 나아가 물었다.

"지금 들으니 중국 군대가 장차 침략해 온다고 하는데, 승패가 어떨 것 같습니까?"

노인은 점괘를 갖고 한참 동안 점을 치더니 이렇게 말했다.

"3년 후에 적이 쳐들어옵니다. 무기를 정비하고 군사를 잘 훈련시켜 나라의 위세를 떨치는 한편, 적을 깨뜨리는 자에게 봉읍과 작위를 주어 자손 만대에 전하게 하겠노라면서 천하에 두루 기이한 인재를 구하십시오. 만일 그런 인물을 얻는다면 적을 물리칠 수 있습니다."

말을 마치자 노인은 하늘로 올라가 사라졌다. 왕은 그제서야 노인이 용군임을 알았다.

3년 후 변방에서 은나라 군대가 쳐들어온다는 급보가 날아왔다. 왕은 노인이 일러준 대로 사람을 시켜 천하에 두루 기이한 재주를 지닌 자를 찾았다. 왕의 명령을 받은 신하는 무녕군(武寧郡) 부동향(扶董鄕)에 이르렀다. 그 고을에는 예순 살 남짓되는 부자가 살고 있었다. 그 부자에게는 사내자식이 있었는데 세 살이 되도록 말을 하지 못했으며, 누워 있기만 할 뿐 일어나 앉지를 못했다. 그 어머니는 임금의 사신이 왔다는 말을 듣고 장난삼아 이런 말을 했다.

"사내애를 낳았지만 누워 먹는 것만 알지 적을 물리쳐 조정의 상을 받아 젖을 물려 기른 공을 갚을 생각을 않으니 원!"

아이는 이 말을 듣자 얼른 말했다.

"엄마! 사신을 좀 불러오세요. 무슨 일인지 한번 들어봐야겠어요."

그 어머니는 깜짝 놀라, 이웃 사람들에게 자기 자식이 이제 말을 한다고 자랑했다. 이웃 사람들 역시 이상한 일이라고 여겨 사신에게 이 사실을 말했다. 이에 사신이 아이한테 와 물었다.

"꼬마야! 너는 이제 겨우 말을 하는 주제에 왜 나를 오라고 했느냐?"

아이는 일어나 앉더니 사신에게 이렇게 말했다.

"얼른 돌아가 임금님께 이렇게 말씀드리세요. 높이 18척의 철마(鐵馬)와 7척의 철검(鐵劍), 그리고 철립(鐵笠) 하나를 만들어 주면 제가 그것으로 싸울 테고, 그러면 적군은 스스로 놀라 흩어질 건데, 임금님 께선 무엇 때문에 걱정하시느냐고 말예요."

사신은 말을 달려 돌아가 왕에게 고했다. 왕은 기뻐하며 말했다.

"나는 걱정할 게 없다!"

신하들이 말했다.

"한 사람이 적을 공격해 어찌 깨뜨릴 수 있겠습니까?"

왕이 말했다.

"이는 용군이 나를 구하시는 거다. 3년 전에 노인이 한 말과 똑같아 조금도 허황된 말이 아니니, 공들은 과히 걱정하지 말라!"

왕은 쇠 5천 근으로 철마와 철립을 만들라고 명령했으며, 사신으로 하여금 아이에게 갖다 주게 했다. 아이의 어머니는 그것을 보고 깜짝 놀랐다. 그리고 혹 자기에게 화가 미칠까 두려워 아이에게 걱정하는 말 을 했다. 그러자 아이는 까르르 웃으며 말했다.

"엄마는 제가 마실 술과 먹을 거나 많이 장만해 주세요. 적을 무찌르 는 일은 엄마가 걱정할 게 없어요."

아이는 체구가 갑자기 커지는 바람에 집에서 그 입을 것과 먹을 것을 감당할 수가 없게 되었다. 그래서 이웃에서 소를 잡고 떡과 과자를 만 들어 주기도 했으나 그럼에도 아이는 늘 배고파했다. 또 체구가 너무

커 베로 몸을 다 가릴 수 없었으므로 몸의 일부는 갈꽃으로 가렸다.

마침내 은나라 군대가 추산(鄒山)에 이르자 아이는 비로소 다리를 쭉 펴고 섰는데 그 키가 자그마치 10여 장(丈)이나 되었다. 아이는 코를 치켜들고 연달아 열댓 번 껄껄 웃더니, 칼을 뽑아 우렁찬 목소리로,

"나는 하늘에서 보낸 장수다!"

라고 말했다. 마침내 철립을 쓰고 나는 듯이 철마를 달려 순식간에 왕의 군대 앞에 이르렀다. 그리고는 칼을 휘두르며 앞으로 나아갔는데, 관군이 그 뒤를 쫓아 적군의 보루 근처까지 진격하여 무녕의 추산 아래에 진을 쳤다. 은나라 군대는 궤멸했으며 혼비백산하여 달아났다. 은왕이 추산에서 전사하자 그 남은 무리들은 아이 앞에 엎드려 절하면서 '천장'(天將)이라 일컬었으며, 모두 항복했다.

아이는 안월(安越)의 삭산(朔山)에 이르러 입은 옷을 벗어 버리고 말을 탄 채 하늘로 올라갔는데, 산의 바윗돌에 그 자취가 남아 있을 따름이다.

왕은 그 공로를 생각했으나 보답할 길이 없었다. 그래서 아이를 높여 부동천왕(扶董天王)[2]이라 하고, 그 고향 집에 절을 세워 전답 백 경(頃)을 하사하여 아침저녁으로 제사를 지내게 했다. 은나라는 그후 27명의 왕이 644년 동안 나라를 이어갔지만 감히 베트남을 침략하지 못했다. 베트남 주변의 나라들이 이 사실을 전해듣자 모두 베트남을 섬겼으며, 왕에게 복종했다. 후에 이태조(李太祖)[3]는 부동천왕을 충천신왕(冲天神王)에 봉했으며, 그 사당을 부동향의 건초사(建初寺) 곁에, 소상(塑像)을 위령산(衛靈山)에 각각 건립하고, 춘추로 제사를 지냈다.

---

2) 흔히 '동천왕'(董天王)이라고 함.
3) 「여우의 정령」주 2를 참조할 것.

찐 떡

웅왕이 은나라 군대를 물리친 후 나라에 일이 없었다. 왕은 그만 자식에게 왕위를 물려주고자 스물두 명의 왕자를 모이게 했다.

"나는 이제 왕위를 물려주고자 한다. 나의 소원대로 세모에 맛있는 음식을 올려 효도를 다한다면 그 자식에게 왕위를 물려주겠노라."

이 말을 듣고 뭇 자식들은 저마다 산해진미를 찾아 나섰다. 그리하여 물고기를 잡거나 사냥을 하거나 시장에서 재료를 구입하는 등 온갖 노력을 기울이면서 남에 앞서 진기한 것을 얻고자 애썼다. 이 때문에 맛있는 음식이 이루 말할 수 없이 많이 준비되었다. 그러나 유독 열여덟째 아들인 낭료(郎僚)는 그 어머니가 집안이 한미한 데다 이미 병들어 돌아가셨기 때문에 신세가 고단하여 음식을 마련할 방도가 없었다. 그래서 낭료는 밤낮 걱정하며 잠을 이루지 못했다. 그러던 중 꿈에 문득 신인(神人)이 나타나 이렇게 말했다.

"천지의 물건 가운데 제일 소중한 건 쌀이다. 그걸 먹으면 몸이 건장하게 된다. 아무리 오랫동안 먹어도 싫증나지 않는 것으로는 쌀만한 게 없느니라. 만약 찹쌀로 떡을 빚되, 혹은 찰지게 찧어서 둥근 모양으로 빚어 하늘을 본뜨고, 혹은 잎에 싸서 네모나게 빚어 땅의 모양을 본뜬 다음 속에 맛난 것을 넣어서, 천지가 만물을 포함하는 형상을 표현하고 부모가 자식을 키우는 은혜를 빗댄다면 어버이의 마음을 기쁘게 해드려 왕위를 얻을 수 있을 것이다."

낭료는 놀라 꿈에서 깨었다. 그는 기뻐하며 말했다.

"이는 신령께서 나를 도우시는 것이다. 의당 일러준 대로 하리라."

마침내 희고 정한 찹쌀을 가려 깨끗하게 씻었다. 그리고 푸른 나뭇잎으로 찹쌀의 겉을 싸 모양을 네모나게 만든 다음 맛난 속을 넣었다. 그런 다음 쪄 내니 마치 땅의 모양을 본뜬 것처럼 되었다. 이를 '찐 떡'[1]이라고 이름했다. 또 찹쌀로 밥을 한 후 절구질을 했다. 그런 다음 조금씩 떼어내어 모양을 둥글게 만드니 마치 하늘의 모양을 본뜬 것처럼 되었다. 이를 '찧어서 만든 떡'[2]이라 이름했다.

기한이 되자 왕은 뭇 자식들을 불러모아 준비한 음식을 올리게 하였다. 자식들이 올린 것을 보니 없는 게 없었다. 그런데 낭료는 네모난 떡과 둥근 떡을 만들어 올린 게 아닌가. 왕이 이상해서 낭료에게 물으니, 낭료는 신인의 말을 자세히 여쭈었다. 왕이 그 떡 맛을 보니 온갖 맛이 느껴졌으며 입에 맞아 물리지 않았다. 여러 아들이 올린 음식 중에 그보다 나은 것은 없었다. 왕은 한참 탄복하더니 낭료가 올린 게 제일이라고 했다. 그리고 세모와 명절 때 낭료가 올린 것과 같은 찐 떡을 만들어 어버이를 봉양하라고 분부했다. 세상 사람들이 이를 본받아 지금까지도 이 풍습이 전해온다. 그리고 낭료라는 이름 때문에 그 떡을

---

1) 원문에는 "증병"(蒸餠)이라 했음.
2) 원문에는 "박도병"(薄搗餠)이라 했음.

'절료'(節料)3)라고 부른다.

　왕은 마침내 낭료에게 왕위를 물려주었다. 스물한 명의 형제는 지방의 땅을 나누어 다스렸는데 각기 자신의 무리를 모아 산천에 웅거하여 요새로 삼았다.

　그후 누구의 나이가 더 많은가를 갖고 서로 싸워 반목했으므로 각기 목책(木栅)을 세워 왕래를 막았다. 그러므로 '책'(栅)이니 '촌'(村)이니 '장'(莊)이니 '방'(坊)4)이니 하는 말은 이때 비롯된 것이다.

---

3) '절'(節) 자는 '낭'(郎) 자와 모양이 비슷하고 '료'(料)는 '료'(僚)와 음이 유사함. '절료'는 '명절 때 먹는 음식'이라는 뜻.

4) 책·촌·장·방은 모두 행정 단위의 명칭들로서, '책'은 산림 지구, '장'은 평원 지구의 행정 단위임. '栅'은 '冊'으로도 표기함.

서쪽에서 온 외

　옛날 웅왕의 시대에 매안섬(枚安暹)이라는 신하가 있었는데 본래 외국인이었다. 일찍이 7, 8세 때 상선에 실려 왔었는데 왕이 상인에게 사서 종으로 삼았다. 장성하자 모습이 단정한 데다 사리에 밝았다. 왕은 그에게 '매'(枚)라는 성과 '언'(偃)이라는 이름과 '안섬'(安暹)이라는 호를 하사했으며, 첩 하나를 주었다. 그리하여 아들과 딸이 태어났다. 왕은 안섬을 총애하여 일을 맡겼으므로 안섬은 점점 더 부귀해졌다. 사람들은 모두 그를 두려워하여 선물을 갖고 줄을 지어 그 집을 찾았다. 안섬은 마침내 교만한 마음이 생겨 늘 이렇게 말했다.

　"이것들은 모두 내 전생의 물건들이지 임금의 은혜를 입은 게 아니다."

　왕이 이 말을 전해듣고 크게 화를 내며 말했다.

　"신하 된 자가 임금의 은혜를 모르고서 교만한 마음을 내다니! 이제 너를 해외의 무인도로 보내겠다. 거기에도 전생의 물건들이 있는지 한번 보자."

왕은 마침내 안섬을 아산(峩山) 해구(海口)[1] 밖의 모래섬으로 유배를 보냈다. 그곳은 사방에 사람의 발자취가 없는 곳이었다. 임금은 그곳에 네댓 달분의 양식만 남겨 두어 먹을 것이 떨어지면 죽게 만들었다. 안섬의 처는 통곡하며 말했다.

"여기서 죽게 생겼어요! 살아날 길이 없어요."

안섬은 웃으며 말했다.

"하늘이 나를 낳았으며, 하늘이 나를 길렀소. 살고 죽는 건 하늘에 달렸으니 내가 무얼 걱정하겠소?"

조금 있으니 홀연 흰 새 한 마리가 서쪽에서 날아와 산모롱이에 앉더니 서너 번 울고는 외씨 예닐곱 개를 뱉어내는 것이었다. 씨는 모래 위에 떨어져 절로 싹이 트더니 덩굴이 무성하게 번져 열매가 열렸는데 그 수가 많기도 했다. 안섬은 기뻐하며 말했다.

"이것은 괴상한 물건이 아니고 하늘이 나를 먹여 살리려는 것이다."

칼로 베어 먹어 보니 향기롭고 달아 정신이 상쾌했다. 그후 여러 해 동안 심었는데 워낙 많아 다 먹을 수가 없었다. 그리하여 그것을 쌀과 교환하여 처자를 부양했다. 그러나 그 과일의 이름을 알 수 없었다. 그래서 새가 서쪽에서 그 씨를 물고 왔다고 하여 '서쪽에서 온 외'[2]라고 이름했다. 어부나 장사치들이 모두 그 맛을 좋아하여 저마다 자기가 가진 것과 바꾸어 갔다. 그리고 원근 마을에 사는 백성들이 다투어 그 씨를 사서 안섬이 한 대로 심어, 마침내 사방에 전파되었다.

그 뒤 왕은 안섬을 생각하고 그가 사는 곳에 사람을 보내 생존 여부를 알아오게 했다. 그 사람이 돌아와 자기가 본 대로 왕에게 보고했다.

---

1) 청화부(清化府) 아산현(峩山縣)의 해구(海口).
2) 원문에는 "서과"(西瓜)라 했으며 수박을 가리킨다.

왕은 탄식하며 말했다.

"안섬이 전생 운운한 말은 거짓말이 아니로구나!"

마침내 안섬을 도로 불러 관직을 회복시키고 노비를 하사했다. 그리고 안섬이 살던 모래섬을 '안섬주'(安暹洲)[3]라 하고, 그 오두막집을 '매와'(枚窩)[4]라고 했다. 지금의 아산현(峩山縣) 안섬주(安暹洲)가 그곳이다. 당시 사람들은 안섬을 추대해 '서쪽에서 온 외의 부모'라고 했으므로 지금도 그 풍습이 남아 안섬을 '서쪽에서 온 외의 조상'이라고 부른다. 대개 서쪽에서 온 외가 안섬으로부터 비롯됐기 때문이다.

---

3) '안섬의 모래섬'이라는 뜻.

4) '매의 오두막집'이라는 뜻.

흰 꿩

　주(周)나라[1] 성왕(成王)[2] 때의 일이다. 웅왕은 월상씨(越裳氏)[3]라는 신하에게 분부하여 흰 꿩을 주나라에 바치게 했다. 그러나 말이 서로 통하지 않아 주공(周公)[4]이 사람을 시켜 중역(重譯)[5]하게 한 연후에야 비로소 의사를 통할 수 있었다. 주공이 말했다.

　"교지(交趾)[6] 사람들은 머리를 짧게 깎고 몸에 문신을 하며, 맨머리

---

1) 중국의 고대 왕조로, 은(殷)나라 뒤에 들어섰음.
2) 주나라의 제2대 왕.
3) 월상(越裳) 혹은 월상씨(越裳氏)는 원래 나라 이름인데 그 위치에 대해서는 여러 가지 설이 있는바, 지금의 중국 광동성 일대인 남해(南海)에 있던 나라라고 보는 견해가 있는가 하면, 교지(交趾)의 남쪽에 있던 나라라는 견해, 라오스에 해당한다는 견해 등이 있다. 여기서는 문랑국의 봉국(封國)으로 간주하고 있다. 한편 뒤의 「금빛 거북」에서는 지금의 복안성(福安省) 동안현(東安縣) 고라(古螺, 꼬·로아) 일대의 땅 이름이라 했다.
4) 주나라의 창업자인 무왕(武王)의 동생이자 성왕의 숙부. 성왕이 어린 나이에 즉위한 데다 왕조의 기틀이 굳건하지 않았으므로 주공이 섭정을 했다. 후세에 유가(儒家)에서는 주공을 성인(聖人)으로 떠받들었다.
5) 이중 통역.

와 맨발로 생활하고, 빈랑을 씹어 이[齒]를 까맣게 물들인다고 하는데 어째서 그런가?"

사신이 대답했다.

"머리를 짧게 깎는 것은 숲에 들어가기 편하기 때문이고, 용군(龍君)의 모습을 문신하는 것은 그렇게 하면 물에서 헤엄을 쳐도 교룡이 물지 않기 때문입니다. 맨발로 지내는 것은 나무를 타기 편해서고, 맨머리를 하는 것은 화전을 일구는지라 뜨거운 불길을 피하기 위해서입니다. 그리고 빈랑을 씹는 것은 입 속의 더러운 것을 제거하기 위해서인데 이 때문에 이가 까맣게 됩니다."

주공이 말했다.

"왜 왔느냐?"

사신이 대답했다.

"태풍과 홍수가 없고 바다에 파도가 일지 않은 지 3년째입니다. 그래서 중국에 혹 성인(聖人)이 나타났는가 해서 왔습니다."

주공은 탄식하며 말했다.

"군자는 정령(政令)7)이 베풀어지지 않는 지역의 사람들을 신하로 삼지 않는 법이다. 또한 군자는 은택이 가 닿지 않는 곳의 사람들로부터 물건을 받지 않는 법이다. 그러기에 '교지(交趾)는 나라 밖에 있으니 침범하지 않겠다'는 황제(黃帝)의 맹세가 책에 기록된 것이다."

주공은 귀중한 물건을 상으로 주었으며, 잘 타일러 돌려보냈다. 그러나 월상의 사신은 그만 돌아가는 길을 잊어버렸다. 이에 주공은 수레 다섯 대를 하사했는데, 모두 지남거(指南車)8)였다.

---

6) 지금의 베트남 북부 일대. 여기서는 베트남을 가리킴.

7) 명령이나 법령.

사신은 이를 타고 부남(扶南)9)과 임읍(林邑)10)의 바닷가를 경유하여 1년 만에 고국에 도착했다. 이로부터 지남거는 임금이 행차할 때 늘 선도가 되었다.

그후 공자(孔子)가 『춘추』11)를 편찬했는데, 문랑국이 변방에 있는 나라로서 문물을 갖추지 못했다고 하여 빼 버리고 싣지 않았다고 한다.

---

8) 길을 잃지 않고 남쪽으로 향하도록 고안된 수레. 황제(黃帝)가 처음 만들었다는 전설이 있음.
9) 지금의 캄보디아.
10) 지금의 베트남 중부 지역에 있던 왕국 이름으로, 후에 점파(占婆)라 불림.
11) 공자가 편찬한 역사책으로, 노(魯)나라를 중심으로 하여 춘추시대의 역사를 기록했음.

제 2 부

⋮

이옹중

웅왕 말세에 교지(交趾)의 자렴현(慈廉縣)에 성은 이씨이고 이름이 '신'(身)인 사람이 있었는데, 나면서부터 몸이 장대해 키가 2장(丈) 3척이나 되었다. 그는 날래고 사나웠는데 사람을 죽이는 죄를 지어 사형이 언도되었다. 그러나 웅왕은 그를 애석히 여겨 차마 죽이지 못했다.

안양왕(安陽王)[1] 때 진시황이 우리나라를 침략하려 했다. 안양왕은 이신을 진시황에게 바쳤다. 진시황은 이신을 얻은 것을 무척 기뻐하여 그를 사예교위(司隷校尉)[2]에 임명했다. 마침내 진시황이 천하를 통일하자 이신으로 하여금 군사를 이끌고 임조(臨洮)[3]를 지키게 했다. 그

---

1) 구락국(甌貉國)의 창업자로 성은 촉(蜀)이고 이름은 반(泮)임. 전설에 의하면 그는 남강국(南疆國)의 왕이었는데 기원전 257년 문랑국을 정복한 후 남강국과 병합하여 구락국을 세웠다고 함.

2) 무직(武職)의 이름.

3) 진나라의 농서군(隴西郡)으로, 지금의 감숙성(甘肅省) 일대임. 원래 서강(西羌)의 땅이었으며, 만리장성이 여기서 시작해 요동에서 끝남.

러자 흉노는 감히 변방을 침범하지 못했다. 진시황은 이신을 보신후(輔信侯)로 봉한 후 자기 나라로 돌아가게 했다.

그후 흉노가 재차 변방을 침범했다. 진시황은 이신을 생각하고는 사람을 시켜 데려오게 했다. 이신은 갈 뜻이 없어 마을의 소택지에 숨어버렸다. 진나라 사신이 책망하자 안양왕은 한참 동안 이신을 찾았으나 결국 찾아내지 못했다. 그래서 거짓말로 이신이 이미 죽었다고 했다. 그후 진나라에서 이신이 왜 죽었느냐고 물어오자 설사병으로 죽었다고 했다. 진시황은 다시 사신을 보내 그 말이 맞는지 확인하게 했다. 이에 죽을 끓여서 땅에다 뿌려 이신이 설사한 자취라고 했다. 그러자 진나라에서는 이신의 시체를 보내라고 했다. 이신은 어쩔 수 없이 스스로 목숨을 끊었다. 안양왕은 이신의 시신에다 수은을 발라 진나라에 보냈다. 진시황은 탄식한 후 구리를 녹여 이신의 동상을 만들게 해 그 이름을 '옹중'(翁仲)4)이라 하고 함양궁(咸陽宮)5) 사마문(司馬門) 밖에 세웠다. 그리고 동상의 배 속에 수십 명의 사람을 넣어 매양 사방에서 사신들이 올 때면 몰래 동상을 흔들흔들 움직이게 했다. 이를 보고 흉노는 교위(校尉)가 살아 있는 줄 알고 감히 변방을 침범하지 못했다.

당나라 조창(趙昌)이 교주 도호(交州都護)6)로 있을 때 밤에 이신과 더불어 『춘추좌씨전』(春秋左氏傳)7)을 강론하는 꿈을 꾸었다. 이 일로 인해 이신의 옛집을 수소문해 그곳에 사당을 세워 제사를 지냈다. 그후

---

4) 이후 이 말은 흔히 동상이나 석상(石像)을 일컫는 말로 사용됨.
5) 함양에 있던 진나라의 궁궐 이름.
6) 교주 도호는 안남 도호(安南都護)를 가리킨다. 당나라는 베트남에 안남 도호부(安南都護府)를 설치해 그 책임자로 도호를 두었다. 조창은 791년에 안남 도호에 임명되었다.
7) 중국 춘추시대 노(魯)나라의 좌구명(左丘明)이 찬한 책으로 『춘추』의 주석서 중 하나임. 흔히 줄여서 『좌전』(左傳)이라고 함.

고변(高駢)[8]이 남조(南詔)[9]를 정벌할 때 이신의 신령이 나타나 승리하도록 도와주었다. 고변은 이신의 사당을 중수(重修)했으며, 목상(木像)을 조성했다. 그리고 그 사당 이름을 이교위사(李校尉祠)라고 했다. 사당은 지금 자렴현 포아사(布兒社)의 큰 강변에 있는데, 서울의 서쪽 50리다.[10] 해마다 봄이면 이 사당에서 제사를 지낸다.

---

8) 당나라의 장군. 운남(雲南)에 있던 나라인 남조(南詔)가 안남을 점거하자 고변은 안남도호 경략초토사(安南都護經略招討使)로서 안남에 진출하여 남조의 군대를 격파했다. 그후 고변은 5년 가까이 안남을 다스렸다. 875년 중원에서 황소(黃巢)의 난이 일어나자 고변은 토벌에 나섰는데, 신라의 최치원이 고변의 종사관으로 「격황소서」(檄黃巢書)를 지은 게 바로 이때다.

9) 중국 당나라 때 지금의 운남성에 있던 나라로, 오만족(烏蠻族)과 백만족(白蠻族)이 세운 왕국임.

10) 원주(原註)에 "포아(布兒)는 지금 서향사(瑞香社)로 이름을 고쳤다"라고 했음.

월정

월정(越井)은 무녕군(武寧郡) 추산(鄒山)에 있다.

제3대 웅왕 때 은나라 왕이 군대를 이끌고 남침하여 추산 아래에 주둔했다. 웅왕은 용군에게 도움을 청했다. 용군은 동천왕으로 화하여 철마를 타고서 은나라 군대를 격파했다. 은나라의 장수와 병사들은 모두 달아났다. 은왕은 산 아래에서 전사하여 그곳의 신령이 되었는데, 백성들은 그를 위해 사당을 건립하여 사시사철 제사를 지냈다. 그러나 세월이 오래되자 점점 제사를 거르게 되어 퇴락한 사당이 되고 말았다.

최량(崔亮)이라는 베트남인이 진(秦)나라에서 벼슬하여 어사대부가 되었는데, 일찍이 이곳을 지나다가 사당이 퇴락한 것을 민망히 여겨 중수(重修)하고는 다음과 같은 시를 적었다.

사람들 말하길 옛날 은왕이
순수(巡狩)하다 이 땅에 이르렀다지.
물 맑고 산 좋은 데 사당이 있어

혼백은 가도 자취는 향기롭구려.

전쟁에 졌으니 무슨 덕화 있으리요만

만고에 그 영령 월남을 지키네.

백성들 이 때문에 제사 받드니

무궁토록 이 나라 가호하시길.

그후 임효(任囂)[1]와 조타(趙佗)가 군사를 이끌고 남침하여[2] 이 산에 주둔했다. 그리고 사당을 다시 단장한 다음 엄숙히 제사를 지냈다.

은왕은 최량의 은덕에 감사하여 그 공을 갚고자 했다. 그래서 마고(麻姑)[3]로 하여금 먼데까지 가 그를 찾게 했다. 당시 최량은 이미 세상을 떴으며 후사로 최위(崔偉)가 있었다. 때는 마침 정월 대보름날이라 마을 사람들이 사당에서 노닐고 있었다. 어떤 사람이 유리병 한 쌍을 사당에 바쳤는데 마고가 그것을 손으로 만지며 보다가 갑자기 땅에 떨어뜨리는 바람에 깨뜨리고 말았다. 사람들은 마고를 붙잡아 물건 값을 물어내라고 했다. 마고는 해진 옷을 입고 있었으므로 사람들은 그녀가 선녀인 줄 알지 못했으며, 심한 매질을 했다. 이 광경을 본 최위는 불쌍한 생각이 들어 물건 값으로 자기 옷을 벗어 주었다. 이 때문에 마고는 풀려날 수 있었다. 마고가 최위의 사는 곳을 물어보자 최위는 부친

---

1) 「나무의 정령」에 나온 인물. 진시황 때 남해 군수(南海郡守)를 지냄. 진시황이 죽자 남해군을 중심으로 독립국가를 세울 야심을 품었으나 병으로 뜻을 이루지 못하자 그 휘하에 있던 조타로 하여금 자신의 뜻을 계승하게 함.

2) 진나라가 멸망하자 조타는 남해군과 계림(桂林), 상군(象郡)을 병합하여 남월국(南越國)을 세우고 스스로 왕이 되었음. 그리고 한(漢) 문제(文帝) 때 이르러, 안양왕이 통치하던 베트남 북부의 구락국을 침략하여 복속시켰음.

3) 중국의 전설에 나오는 선녀 이름.

에 대한 이야기를 자세히 해주었다. 그제서야 마고는 그가 최량의 아들임을 알았다. 마고는 기뻐하며 말했다.

"지금은 보답하지 못하지만 후에 꼭 보답하겠어요!"

말을 마치자 마고는 최위에게 쑥 한 다발을 주며 이렇게 말했다.

"이것을 잘 간직해 늘 몸에 지니고 다니세요. 혹이 있는 사람이 이걸로 뜸을 뜨면 혹이 즉시 없어진답니다. 이걸로 반드시 큰 부귀를 얻을거예요."

최위는 쑥을 받았으나 그것이 선약(仙藥)인 줄은 몰랐다.

어느 날 최위는 친구인 도사 응현(應玄)의 집을 찾았다. 응현은 머리에 큰 혹이 나 있었다. 이를 본 최위가 말했다.

"나에게 쑥 한 다발이 있는데 그걸로 이 병을 고칠 수 있으니 한번 치료해 보세."

응현은 좋다고 했다. 최위가 쑥으로 뜸을 뜨자 혹은 즉시 사라졌다. 응현이 말했다.

"이건 선약일세. 그러나 나는 자네 은혜에 보답할 재물이 없군. 바라건대 다른 방법으로 자네 은혜에 보답하고 싶네. 내 친척 중에 귀인이 있는데 역시 이 병을 앓고 있다네. 그는 늘 '이 병을 고쳐 주는 사람이 있다면 재산을 다 주어도 아깝지 않다'고 말해 왔다네. 자네, 이 사람을 치료하여 보답을 받게나!"

응현은 최위를 임효의 집으로 데려갔다. 임효는 최위에게 뜸을 뜨게 했는데 뜸을 뜨자마자 혹이 사라지는 게 아닌가. 임효는 너무 기뻐 최위를 의자(義子)로 삼았으며, 학당(學堂)을 열어 그에게 공부를 가르쳤다. 최위는 본성이 총명했으며 거문고 타는 걸 좋아했다. 임효에게는 방용(芳容)이라는 딸이 있었는데 최위를 보고 좋아하는 마음을 품었다. 그래서 두 사람은 사통했으며 서로 정분이 깊었다. 그러나 임효의 아들 임부(任夫)가 이 사실을 알아채고 최위를 죽이고자 했다. 이러구러 연말이 되어 창광신(猖狂神)의 제사가 다가왔다. 임부는 최위를 창광신의 제물로 바칠 속셈이었으므로 다음과 같은 말로 꾀었다.

"세모에 창광신에게 제사를 지내야 하는데 아직 희생으로 삼을 사람을 구하지 못했다오. 그러니 오늘은 밖에 나다니지 마오. 아무쪼록 공청(公廳)에 피해 있어 후회하는 일이 없도록 하오."

최위는 아무 생각 없이 그 말에 따랐다. 그러자 임부는 공청의 문을 자물쇠로 잠가 나오지 못하게 만들었다. 이 사실을 안 방용이 최위에게 몰래 칼을 주어 벽을 뚫고 탈출하게 했다.

최위는 밤길을 달려 응현의 집으로 가고자 했다. 그러나 산길을 가다가 갑자기 우물 구멍에 빠졌는데, 얼추 두 시간이 지나서야 그 바닥에 닿았다. 최위는 너무 아파 한동안 누워 있다가 겨우 일어나 앉았다. 해가 떠올라 정오가 되자 빛이 구멍으로 새어 들어왔다. 그러나 사면이 모두 석벽이라 올라갈 방도가 없었다. 위에는 종유석이 있었는데 거기서 액체가 똑똑 떨어져 사발 모양의 돌에 고였다. 그리고 몸 길이가 백장(丈)이나 되는 백사(白蛇)가 똬리를 틀고 있었는데, 머리는 황색이고 입은 붉은색이었으며, 붉은 줄에 흰 비늘이 덮여 있었다. 턱 아래에는 혹이 달려 있었으며, 이마에는 황금빛 글씨로 '옥경자'(玉京子)[4]라 씌어 있었다. 뱀은 종유석에서 떨어진 액체를 먹고 나서 다시 동굴 속

---

4) 백사의 별명. 당나라 배형(裴鉶)이 쓴 소설책인『전기』(傳奇)에 수록된「최위」(崔煒)라는 작품에 다음과 같은 구절이 나옴. "최위가 다시 '뱀을 옥경자(玉京子)라고 하는 건 어째서지요?'라고 묻자 부인은 이렇게 대답했다. '옛날에 안기생(安期生)이 이 용을 타고 옥경에 가서 상제를 배알했기 때문에 옥경자라고 한답니다.'"

깊은 곳으로 들어갔다. 3일째가 되자 최위는 배가 몹시 고팠다. 그래서 사발 모양의 돌에 고여 있는 액체를 훔쳐 먹었다. 얼마 후 뱀이 나와 사발 모양의 돌이 텅 비어 있는 것을 보고는 머리를 들어 최위를 노려보더니 한입에 삼키려 했다. 최위는 두려워서 무릎을 꿇고 절하며 이렇게 말했다.

"신(臣)은 화를 피하다가 그만 이곳에 떨어졌습니다. 주린 배를 채울 길이 없어 그걸 먹었으니, 정말 큰 죄를 지었습니다. 지금 보니 턱 아래 혹이 있거늘, 청컨대 신이 쑥으로 뜸을 떠 그 혹을 없애 드리겠습니다. 만일 신의 죄를 용서해 주신다면 제가 지닌 작은 기예를 다하도록 하겠습니다."

뱀은 즉시 고개를 들어 뜸을 떠 달라는 시늉을 했다. 그때 마침 지상에 들불이 나 불덩이 하나가 구멍으로 날아들어왔다. 최위는 그것으로 불을 붙여 뜸을 떴다. 그러자 혹이 금방 사라졌다. 뱀은 몸을 굽혀 최위 앞으로 다가왔는데 자기 몸에 올라타라는 것 같았다. 최위는 즉시 그 등에 올라타 우물 밖으로 향했는데, 땅에 도착하니 초저녁이었다. 주위에는 사람 그림자 하나 없었다. 뱀은 꼬리를 흔들더니 다시 우물 구멍 속으로 들어갔다.

최위는 홀로 걸어가다 길을 잃었는데, 문득 성문 하나가 나타났다. 성문 위에는 높은 누각이 있었는데 붉은 기와가 영롱하고 등촉이 휘황했다. 성문에 걸린 붉은 편액에는 금빛 글씨로 '은왕의 성'이라고 적혀 있었다. 최위는 성문 곁에 쪼그리고 앉았는데 왕래하는 사람이 아무도 없었다. 최위는 문 안의 뜰로 들어가 보았다. 뜰 가에는 연못이 있었으며 연못에는 오색의 연꽃이 만발했다. 그리고 못 가에는 느티나무와 버드나무 몇 그루가 심어져 있었다. 길은 시원하게 닦여 있었고, 아름다운 궁궐은 그 규모가 굉장했다. 궁궐에는 금으로 장식한 두 개의 상(床)이 놓여 있었으며 은으로 꽃을 새긴 화문석이 갖춰져 있었는데, 그 위에는 거문고와 비파가 놓여 있었다. 아무도 없었으므로 최위는 천천히 그 앞으로 걸어가 거문고와 비파를 한번 타 보았다. 조금 있으니 아리따운 동자와 소녀 수백여 명이 은왕의 비(妃)를 모시고 문을 열고 들어왔다. 최위는 깜짝 놀라 궁궐 아래로 내려가 엎드려 절하였다. 왕비는 웃으며 말했다.

"최공이 어디서 왔나요?"

왕비는 최위를 궁궐 위로 오르게 한 다음 이렇게 말했다.

"우리 은왕의 사당이 여러 해 동안 황폐했었는데 최어사가 중수한 덕택에 세상 사람들이 그것을 본받아 길이 제사를 받들고 있지요. 왕께서 마고에게 분부해 어사를 찾아 그 은혜를 갚게 했거늘 어사는 만나지 못하고 공자(公子)만 만났으니 은혜를 갚을 길이 없군요. 지금 공자를 뵙게 되었으나 왕은 마침 옥황상제의 분부가 계셔서 하늘에 가셨으니 공자는 여기에 잠시 머물도록 하세요."

그리하여 최위에게 음식을 하사하여 배불리 먹고 취하게끔 했다. 다 먹고 나자 홀연 구레나룻에 배가 큰 사람이 한 명 나타나 글을 받들어 앞으로 나오더니 무릎을 꿇고 아뢰었다.

"정월 3일에 중국인 임효가 창광신에게 맞아 죽었다고 하옵니다!"

그러자 왕비가 말했다.

"양관인(羊官人)[5]으로 하여금 최공을 다시 세상에 돌려보내도록 하라!"

---

5) 배형의 소설책 『전기』에 수록된 「최위」에 의하면 양관인은 양을 타고 다니는 양성(羊城)의 사자(使者)이다. 또한 「최위」에 의하면, 양성은 광주성(廣州城)의 별명이며, 광주성에는 남월왕 조타의 묘가 있는바 그 묘역에 다섯 마리 양을 조각해 놓았는데,

왕비는 최위에게 감사를 표한 후 그를 떠나보냈다. 양관인은 최위에게 눈을 감게 한 다음 자신의 어깨에 앉게 했는데, 얼마 후 산 위에 도착했다. 이윽고 양관인은 석양(石羊)으로 화하여 산중에 섰는데, 지금도 추산(鄒山)의 월왕사(越王祠)에 있다.

그후 최위는 응현의 집을 찾아가 그 동안 자기가 겪은 일을 자세히 이야기했다. 8월 초하룻날 최위는 응현과 밖에서 노닐다가 마고를 다시 만났다. 그녀는 선녀 하나를 최위에게 소개하며 아내를 삼으라고 했다. 그리고 보물인 용수주(龍燧珠)를 주었다. 이 구슬은 원래 천지가 개벽할 때 자웅 한 쌍이 있었는데, 황제(黃帝)로부터 은나라 왕에게 전해져 대대로 보배로 간직되었다. 그러다가 은왕이 추산의 싸움에서 이 구슬을 허리에 찬 채 전사함으로써 땅 속에 묻히고 말았다. 그러나 구슬의 광채는 늘 하늘로 뻗쳐올랐다. 진나라 말에 전란이 일어나 보물들이 모두 불에 타 버렸다. 천지의 기(氣)를 볼 줄 아는 이들은 용수주가 아직 남방에 있다는 사실을 알고서 멀리서 와 그것을 찾고 있었다. 은왕이 용수주로써 최위에게 보답한 건 바로 이때였다. 그리하여 중국인은 백만 냥(兩)의 값이 나가는 금은과 비단을 주고서 그 구슬을 사 갔다. 최위는 마침내 큰 부자가 되었다.

그후 마고는 최위 부부를 맞이해 어디론가 데리고 갔는데, 그 행방을 알 수 없다. 지금 우물은 이미 황폐해져 더러운 웅덩이로 변했으나 그 구멍은 아직도 추산에 있는바, 세상에 월정(越井) 언덕이라 전해진다고 한다.

이 양이 바로 양관인이다. 「최위」에는 이런 사실이 자세히 서술되어 있으나 「최위」를 패러디한 「월정」에는 이런 사실이 소거(消去)되었다.

금빛 거북

　구락국의 안양왕은 원래 파촉(巴蜀)[1] 사람으로서 성은 촉(蜀)이고 이름은 반(泮)이다. 그 조부가 웅왕의 딸 미랑(媚娘)과 결혼하고 싶어 했으나 뜻을 이루지 못하자 원한을 품었던 일이 있는데, 반은 그 앙갚음을 하고자 군대를 일으켜 웅왕을 공격해 문랑국을 멸망시킨 후 나라 이름을 '구락'(甌貉)이라 고치고 그 왕이 되었다.

　안양왕은 월상(越裳)이라는 땅에 성을 쌓았는데 성을 쌓기만 하면 곧 무너졌다. 이에 왕은 제단을 쌓은 다음 목욕재계하고 기도하였다. 3월 초이렛날 홀연 서쪽에서 온 어떤 노인이 성문 아래에서 이렇게 탄식했다.

　"쯧쯧! 성을 쌓고 있지만 언제 완성하려노."

　왕은 노인을 궁전으로 맞아들여 절한 다음 물었다.

　"제가 지금 성을 쌓고 있는데 쌓기만 하면 무너져 버립니다. 힘만 들

---

1) 중국 사천성 일대. 그냥 촉(蜀)이라고도 함.

이고 성공은 못하니 왜 그런 것 같습니까?"

노인이 대답했다.

"장차 청강사자(淸江使者)²⁾가 올 터인데 그와 함께 성을 쌓아야 비로소 완성할 수 있을 겁니다."

노인은 말을 마치자 하직하고 떠났다.

이튿날 왕이 동문(東門)에 서서 내다보고 있노라니 금빛 거북이 동쪽에서 오고 있는 게 아닌가. 거북은 물가에서 사람 말을 하면서 자칭 청강사자라고 했는데, 천지·음양·귀신의 일을 소상히 아는 것이었다. 왕은 기뻐하며 말했다.

"어제 노인이 말한 게 바로 이 금빛 거북이로구나!"

마침내 금가마에 태워 성 안으로 모시고 들어가 궁궐에 앉힌 다음 성이 무너지는 이유를 물었다.

금빛 거북은 이렇게 대답했다.

"문랑국 왕자의 혼이 이곳 산천의 정기에 붙어 복수를 하려고 하고 있습니다. 게다가 천년 묵은 흰 닭이 요물로 화해 칠요산(七曜山)에 숨어 있습니다. 또한 산중에 귀신이 있으니, 이는 이곳에 매장된 앞 시대 악공(樂工)의 혼령입니다. 그 근처에 행인이 묵었다 가는 여관이 하나 있을 텐데 여관 주인은 오공(悟空)이라는 자입니다. 그에게 딸이 하나 있는데 흰 닭 한 마리를 갖고 있지요. 이 닭은 요귀의 남은 기운으로, 온갖 모습으로 화해 여관에 묵는 사람들을 해치는바, 이로 인해 죽은 자가 아주 많습니다. 지금 흰 닭과 여관집 딸을 잡아다 죽이면 요귀는 절로 없어질 겁니다. 그러나 요귀는 양기(陽氣)를 모아 올빼미로 화하

---

2) 거북을 가리키는 말.

여 글을 입에 물고 전단나무[3]로 날아가 상제께 성을 무너뜨려 달라고 간청할 게 틀림없습니다. 신(臣)이 올빼미의 발을 물어 입에 문 글을 떨어뜨리게 할 테니 임금님께서는 그때 얼른 그 글을 주우십시오. 그러면 성을 완성할 수 있을 겁니다."

이렇게 말하고 나서 금빛 거북은 왕으로 하여금 길 가는 사람으로 가장해 그 여관에 묵게 하고, 자기는 여관의 문미(門楣)[4]에 두게 했다. 왕이 그 여관에 가니 오공이 이렇게 말했다.

"이 여관에 요귀가 있어 밤마다 사람을 죽이니 유숙시킬 수 없소이다. 아직 해가 지지 않았으니 속히 다른 곳으로 가서 화를 당하지 않도록 하오."

왕이 웃으며 대꾸했다.

"생사는 하늘이 정해 놓은 바니 요귀가 나를 어쩌겠소. 나는 조금도 두렵지 않구려."

그리하여 왕은 그 집에 유숙했다. 밤이 되자 요귀가 밖에 와 외쳤다.

"누구길래 빨리 문을 열지 않는 거야!"

그러자 금빛 거북이 꾸짖었다.

"문이 닫혀 있으니 너가 어쩔 거냐!"

요귀는 불을 지르고 여러 모습으로 변신하여 온갖 요상한 일을 일으키며 공포를 자아냈으나 끝내 문 안으로 들어오지 못했다. 새벽닭이 울자 뭇 요귀는 흩어져 돌아갔다. 금빛 거북은 왕에게 칠요산으로 요귀를 쫓아가라고 했다. 그러나 요귀들이 이미 다 숨어 버려 왕은 다시 여관으로 돌아왔다.

---

3) 인도, 베트남 등지에 자생하는 향기가 좋은 나무 이름. 단향목(檀香木)이라고도 함.
4) 문 위에 가로 댄 나무.

날이 밝자 여관 주인은 숙박한 사람의 시신을 치우고자 다른 한 사람과 함께 왔는데, 이게 어쩐 일인가. 그 사람은 아무렇지도 않은 듯 자리에 앉아 태연히 담소하는 게 아닌가. 여관 주인은 얼른 절을 올리며 말했다.

"어찌 이럴 수 있단 말입니까? 당신은 성인(聖人)이십니다."

여관 주인은 제발 신령한 술법을 가르쳐 줘 백성을 구해 달라고 했다. 왕은 이렇게 말했다.

"흰 닭을 죽여 제사를 지내면 요귀가 다 사라질 게요."

오공이 그 말대로 흰 닭을 죽이자 딸이 절로 엎어져 죽었다. 왕은 아랫사람에게 분부해 칠요산을 파 보게 했는데, 옛날 악기 및 악공의 해골이 나왔다. 그것을 불에 태운 후 빻아서 가루로 만든 다음 강물에 날려 버렸다. 그러고 나니 날이 저물고 있었다. 왕과 금빛 거북은 월상산으로 올라갔다. 거기서 바라보니 요귀는 이미 올빼미로 화하여 글을 물고 전단나무 위에 앉아 있었다. 금빛 거북은 마침내 쥐로 변하여 올빼미 뒤를 따라가 그 발을 깨물었다. 그러자 글이 땅에 떨어졌다. 왕은 얼른 그 글을 주웠다. 글은 이미 좀이 반쯤 쏠아 있었다.

이로부터 요귀는 완전히 사라졌으며 더 이상 횡포를 부리는 일이 없었다. 마침내 새로 성을 쌓아 보름 만에 완공했다. 그 성은 둘레가 천 장(丈)이나 되고 꾸불꾸불한 모양이 고둥처럼 보였으므로 '나성'(螺城)5)이라고 이름했다. 혹 '귀룡성'(鬼龍城)이라고도 한다. 당나라 사람들은 '살귀곤륜성'(殺鬼崑崙城)6)이라고 불렀는데, 성이 높다고 해서 붙

---

5) '고둥같이 생긴 성'이라는 뜻. 지금의 복안성(福安省) 동안현(東安縣) 고라(古螺, 꼬로아)에 있던 성.
6) '귀신을 죽여 이룩한 곤륜성'이라는 뜻.

인 이름이다.

금빛 거북은 머문 지 3년이 되자 그만 돌아가겠다고 했다. 왕은 감사를 표하며 말했다.

"그대의 은혜를 입어 굳건한 성이 완성될 수 있었소. 만일 외침(外侵)을 받는다면 어떻게 방어해야 하오?"

금빛 거북이 대답했다.

"나라의 성쇠와 사직의 안위는 하늘의 운에 달렸지만 덕을 닦는다면 연장시킬 수 있습니다. 임금님께서 저한테 바라는 것이 있거늘 제가 무얼 아끼겠습니까?"

금빛 거북은 말을 마치자 자신의 발톱을 왕에게 주며 말하기를,

"적이 쳐들어오더라도 이것으로 쇠뇌7)를 만들어 적에게 화살을 쏘면 아무 걱정이 없을 겁니다."

라고 했다. 금빛 거북은 말을 마치자 동해로 돌아갔는데, 왕은 친히 금빛 거북을 전송했다. 그리고 신하인 고로(皐魯)에게 쇠뇌를 만들어 거기에 금빛 거북의 발톱을 발사 장치로 장착하라고 분부했으며, 쇠뇌 이름을 '영광금조신노'(靈光金爪神弩)8)라고 했다.

그후 조타가 남침하여 왕과 전쟁을 벌였다. 왕은 신령한 쇠뇌로 화살을 쏘게 했다. 그러자 적은 패주하여 추산에 진을 치고 왕의 군대와 대치했다. 조타는 왕에게 신령한 쇠뇌가 있어 감히 다시 공격할 수 없음을 알고 사신을 보내 강화를 청하였다. 왕은 기뻐하며 소강(小江) 이북의 땅은 조타가 다스리게 하고 소강 이남의 땅은 자신이 다스렸다.9)

---

7) 여러 개의 화살이 잇달아 나가게 만든 무기.

8) '신령한 빛이 나는 금빛 발톱으로 만든 신묘한 쇠뇌'라는 뜻.

9) 원주(原註)에는 이 소강이 "지금의 월덕강(月德江)이다"라고 했음. 월덕강은 북녕성

얼마 후 조타는 아들 중시(仲始)를 구락국에 보내 숙위(宿衛)[10]에 들어가게 했으며, 공주인 미주(媚珠)에게 청혼하게 했다. 왕은 조타 부자의 간계를 깨닫지 못하고 결혼을 허락했다. 중시는 미주를 꾀어 신령한 쇠뇌를 훔쳐 오게 했으며, 몰래 가짜 발사 장치를 만들어 금빛 거북의 발톱과 바꿔치기 했다. 그리고는 미주를 속여 북으로 돌아가 부모를 뵙고 오겠다면서 이렇게 말했다.

"부부의 정을 차마 잊지 못하나, 부자의 정을 돌아보지 않을 수 없구려. 내가 북으로 간 후 만일 양국에 전쟁이 일어난다면 남북으로 서로 헤어지게 될 텐데 내가 당신을 찾아갈 때 장차 무엇을 신표로 삼으면 좋겠소?"

미주가 대답했다.

"아녀자가 이런 이별을 당하니 슬픔을 견디기 어렵군요. 첩은 늘 거위 깃으로 만든 이불을 덮고 자거늘, 혹 그런 일이 닥치면 거위 깃을 뽑아 길에 두어 첩이 있는 곳을 알게 할 테니 그걸 보고 저를 찾아오길 바래요."

중시는 처와 헤어져 금빛 거북의 발톱을 갖고 귀국했으며, 조타에게 이 사실을 여쭈었다. 조타는 몹시 기뻐했으며 군대를 출동시켜 안양왕을 공격했다. 왕은 신령한 쇠뇌를 믿고 별다른 대비를 하지 않았으며, 태연히 바둑을 두면서 웃으며 말하기를,

"조타는 나의 신령한 쇠뇌가 두렵지 않은가 보지?"

라고 하였다. 급기야 조타의 군대가 가까이 다가오자 왕은 쇠뇌를 발사하게 했다. 그러나 금빛 거북의 발톱을 이미 도둑 맞은지라 군사들은

(北寧省) 북쪽의 여월강(如月江)을 가리킴.

10) 왕을 경호하는 친위 부대.

패하여 달아났다. 왕은 자기가 탄 말 뒤에 미주를 태워 남쪽으로 달아났다. 중시는 거위 깃을 보고 추격해 왔다. 왕은 바닷가까지 도망왔는데 길은 끊어지고 바다를 건널 배는 보이지 않았다. 왕은 큰소리로 부르짖었다.

"하늘이여! 나를 버리십니까? 청강사자는 어디 있소? 어서 와서 나를 구해 주시오!"

그러자 금빛 거북이 물에서 나와 꾸짖으며 말하기를,

"말 뒤에 탄 자는 도적이거늘 그 자를 죽여야 당신을 구해 주겠소!"

왕은 칼을 뽑아 미주의 목을 베었다. 미주는 죽을 때 하늘을 우러르며 이렇게 축원했다.

"제가 반역의 마음을 품어 아버지를 해치려고 했다면 죽은 다음 티끌이 되게 하소서! 만약 충성스럽고 효성스러웠지만 남에게 속아 이렇게 됐다면 죽어서 진주가 되게 하여 원수를 갚게 해주소서!"

미주가 바닷가에서 죽자 그 피가 바다로 흘러들어갔는데, 조개가 그것을 흡입하여 진주를 만들었다.

왕은 7촌 길이의 문서(文犀)[11]를 갖고 있었으므로, 금빛 거북은 물을 갈라 왕을 바닷속으로 인도했다. 세상에 전하기를 연주(演州) 고사사(高舍社) 야산현(夜山縣)이 곧 그곳이라고 한다.

조금 후 조타의 군대가 몰려왔는데 주위에 아무것도 보이지 않고 다만 미주의 시신이 있을 뿐이었다. 중시는 시신을 안고 나성으로 돌아와 장례를 치렀는데, 시신은 홀연 진주로 화하였다. 중시는 애통해 마지않았다. 그후 중시는 미주가 목욕하던 곳에서 미주의 환영을 보고는 스스

---

11) 무늬가 있는 무소 뿔. 불을 붙여 바다에 비추면 바닷속이 훤히 들여다보이고, 바닷속에 갖고 들어가면 물이 갈라지는 등의 신령한 작용을 한다고 함.

로 우물에 빠져 죽었다. 후인들이 동해의 진주를 얻어 이 우물물에 씻으면 더욱 광채가 났다. 그래서 사람들은 미주의 이름을 피해 진주를 대구(大玖)니 소구(小玖)[12]니 일컫는다고 한다.

---

12) '큰 구슬', '작은 구슬'이라는 뜻.

만랑

한(漢)나라 헌제(獻帝) 때 태수 사섭(土燮)[1]이 평강(平江)[2] 남쪽에 성을 쌓았다.[3] 성의 남쪽에는 옛날부터 복엄사(福嚴寺)라는 절이 있었다. 서방[4]에서 온 가라사리(迦羅闍梨)라는 중이 이 절의 주지로 있었는데 능히 불법을 행하여 남녀노소가 믿고 받들며 존사(尊師)라 불렀다. 사람들은 모두 그에게 불도(佛道)를 배우고자 했다.

당시 만랑(蠻娘)이라는 여자가 있었는데 부모가 모두 세상을 떠났으며 집이 가난했지만 불도를 배우고자 하는 마음이 독실했다. 하지만 말을 더듬거려 사람들과 함께 불경을 독송하지 못하고 늘 절간의 부엌에서 쌀을 찧고 땔나무로 밥을 해 사찰의 승려들과 사방에서 불법을 배우

---

1) 후한 말에서 삼국시대까지 40여 년간 교지(交趾) 태수를 지낸 인물로, 불교를 장려하여 당시 인도와 중앙아시아에서 온 많은 승려들로 하여금 포교 활동을 하게 했다.
2) 원주(原註)에 "지금의 천덕강(天德江)이다"라고 했음.
3) 사섭은 용편(龍編, 롱·비엔)에서 연루(贏陸, 루이·러우)로 행정 중심지를 옮겼다. 연루는 지금의 초류(超類)에 해당한다.
4) 인도로 추정됨.

고자 찾아온 사람들을 공양했다.

때는 밤이 짧은 5월, 승려들의 새벽 독경이 시작되었다. 만랑은 이미 아침밥을 다 해놓았지만 승려들은 아직 독경을 끝내지 않아 식사를 않고 있었다. 만랑은 앉아 기다리다가 문지방에서 잠깐 잠이 들었는데 배고픔을 잊고 그만 깊은 잠에 빠져들었다. 마침내 승려들은 독경을 마치고 각기 자기 방으로 돌아갔다. 만랑이 문에서 자고 있었으므로 가라사리는 만랑의 몸을 넘어 지나갔다. 그때 만랑은 마음이 동하여 그만 수태하게 되었다. 서너 달 후 만랑은 부끄러워 집으로 돌아갔으며, 가라사리 역시 부끄러워 그 절을 떠나 삼기로(三岐路)⁵⁾에 있는 강가의 어느 절에 거주했다. 만랑은 달이 차자 딸을 낳았는데, 가라사리를 찾아가 딸을 주었다. 밤이 되자 가라사리는 딸을 안고 강가로 갔는데 거기에는 가지와 잎이 무성한 보리수나무가 한 그루 서 있었다. 나무 둥치에는 벌레 먹은 구멍이 있었는데 깊숙하고 깨끗했다. 가라사리는 거기에 딸을 넣고 나무에게 이렇게 말했다.

"이 불자(佛子)를 너에게 주니 너는 잘 간직하여 각각 불도를 이루도록 하여라."

가라사리는 만랑과 헤어질 때 지팡이 하나를 주면서 말하기를,

"이걸 너에게 줄 테니 돌아가 혹 큰 가뭄이 들면 이 지팡이를 땅에 두드려 물이 솟아나게 해 백성을 구하도록 해라."

라고 했다. 만랑은 돌아와서 다시 복엄사에 거주했다. 그런데 가뭄이 들 때마다 그 지팡이로 땅을 두드리면 샘물이 솟아나 백성들에게 큰 도움이 되었다.

---

5) 흑강(黑江), 홍하, 청강(淸江)이 합류하는 일대를 일컬음.

만랑은 이제 여든 살이 넘었다. 그때 마침 삼기로의 보리수나무가 꺾여져 절 앞의 강으로 떠내려왔는데 강물에 빙빙 돌며 떠내려가지 않았다. 사람들은 서로 다투어 도끼질을 해 장작을 장만하려고 했지만 도끼날만 상할 뿐 나무가 쪼개지지 않았다. 그래서 고을 사람 3백여 명을 동원해 나무를 언덕으로 끌어올리려 했지만 나무는 꿈쩍도 하지 않았다. 마침 만랑이 물가에 나와 손을 씻다가 장난삼아 나무를 만졌더니 나무가 즉시 움직이는 것이었다. 사람들은 모두 놀랐다. 그리하여 만랑에게 나무를 언덕으로 끌어올리게 했다. 그런 다음 장인들로 하여금 나무를 넷으로 쪼개 네 개의 불상(佛像)을 조성하게 했다. 장인들은 마침내 여아(女兒)가 든 부분에 도끼질을 했다. 여아는 단단한 하나의 돌로 화했으므로 도끼 날이 자꾸 부러져 나갔다. 장인들은 그 돌을 연못에다 던져버렸다. 돌은 빛을 발하더니 잠시 후 물에 가라앉았다. 그러자 돌을 던져 버린 장인들이 모두 고꾸라져 죽었다. 사람들은 모두 만랑을 청해 와 그 돌에 예배(禮拜)했다. 그리고 어부를 불러와 물에서 돌을 건져내게 해 불전(佛殿)에 불상으로 모신 다음 금을 입혀 삼가 받들었다.

가라사리는 마침내 불상 넷을 안치하고 이름을 법운(法雲), 법우(法雨), 법뢰(法雷), 법전(法電)이라고 했다. 사방의 사람들이 이 불상에 기도하면 영험이 없는 적이 없었다. 그래서 모두들 만랑을 '불모'(佛母)[6]라 불렀다. 만랑은 4월 초파일에 병 없이 죽어 절에 묻혔다. 사람들은 이 날을 부처의 탄생일로 삼았다. 그리하여 매년 이 날이 되면 사방의 남녀노소가 이 절에 모여 유희하고 가무했다. 세상에서는 이를 '욕불회'(浴佛會)[7]라고 이르는데, 지금도 이 풍속이 남아 있다.

---

6) '부처의 어머니'라는 뜻.
7) '모여서 부처를 목욕시키는 날'이라는 뜻.

산원산 신령

산원산(傘圓山)은 남월국(南越國)의 서울인 승룡성(昇龍城) 서쪽에 있다. 우뚝 솟은 데다 둥근 모습이 우산을 닮았으므로 '산원'이라는 이름이 붙었다.

일찍이 낙용군(貉龍君)이 구희(甌姬)에게 장가들었는데, 구희는 한 태(胎)에 백 개의 알을 낳았고 알 하나마다 사내 하나가 태어났다. 용군(龍君)은 50명의 자식을 데리고 바다로 돌아갔고, 나머지 50명의 자식은 구희와 함께 천하를 나누어 다스린바 이름을 웅왕이라 했다. 산원대왕(傘圓大王)은 바다로 간 50명의 자식 중 하나다. 왕은 해국(海國)을 출발해 신부(神符) 해구[1]를 지나왔는데, 높고 그윽한 땅, 민속이 순박한 마을을 골라 거주하고자 했다. 그리하여 마침내 큰 강[2]을 거슬러 올라가 용편성(龍編城) 용두(龍肚) 땅에 이르러 장차 그곳에 머물

---

1) 청화부(淸化府) 앞 바다에 있는 신투(神投) 해구를 가리키지 않나 생각되나 확실치는 않음.
2) 홍하로 추정됨.

고자 했다. 그러나 마음에 차지 않는 점이 있어 다시 노강(瀘江)³⁾을 거슬러 올라가 복록강(福祿江)⁴⁾ 가의 번진(番津)에 이르렀다. 거기서 산원산을 바라보니 높고 수려한 데다 세 봉우리가 나란히 서 있는 게 마치 그림 같았다. 게다가 산 아래 사는 백성들은 순박했다. 이에 왕은 활줄처럼 곧은 길을 냈다. 그리하여 번진에서 산원산 남쪽을 향했다. 그리고 위동(衛峒)으로 갔다가 다시 암천(岩泉)의 수원(水源)으로 갔으며 거기서 다시 석반(石畔)으로 가 운몽(雲夢) 등성이에 올라 거주했다. 왕은 때때로 소석강(小昔江)에 노닐며 물고기를 구경하기도 했으며, 지나는 촌락마다 모두 궁궐을 지어 그 휴식처로 삼았다.

후인들은 그 발자취가 남은 곳에 사당을 세워 왕에게 제사를 지냈다. 가뭄이 들거나 홍수가 났을 때 사당에 기도하면서 재난과 우환을 막아 달라고 빌면 금방 효과가 나타날 정도로 영험이 있었다. 한편 날이 맑으면 마치 깃발 같은 것이 산골짜기에 아득히 나부꼈는데 부근 백성들은 모두 산신이 출현한 것이라고 했다.

당나라 고변(高騈)이 안남 절도사로 있을 때다. 그는 왕의 신령한 자취를 누르고자 17, 8세의 처녀 배를 갈라 창자를 제거하고 독초를 그 배에 채워 넣은 다음 옷을 입혀 의자에 앉히고 제물을 차려 왕에게 제사를 지냈다. 고변의 속셈은 신령의 거동을 살펴 칼을 뽑아 베어 버리려는 것이었다. 대개 신령을 속일 때 이 술법을 사용한다. 고변이 여자를 바쳤건만 왕은 구름 위에서 백마를 탄 채 침을 뱉고 가 버렸다. 그러자 고변은 이렇게 탄식했다.

---

3) 용편성. 즉 하노이 근처의 홍하를 일컫는 말.
4) 홍하와 갈강(喝江, 다이강)이 합류하는 일대를 일컫는 말로 추정됨. 이곳에 복록현(福祿縣)이 있었다고 여겨짐.

"남방의 신령한 기운은 헤아릴 수 없거늘 그 성대한 기운을 어찌 없앨 수 있으랴!"

그 거룩한 신령이 밝게 드러남이 이와 같았다.

세상에는 다음과 같은 이야기가 전해오기도 한다. 산원대왕과 물의 정령은 둘 다 웅왕의 딸 미랑(媚娘)에게 장가들고 싶어했다. 그런데 왕이 먼저 예물을 갖추어 왔으므로 웅왕은 딸을 왕에게 주었다. 왕은 미랑을 데리고 산원산으로 돌아갔다. 뒤에 도착한 물의 정령은 앙심을 품고 수족(水族)을 이끌고 왕을 공격하여 미랑을 빼앗고자 했다. 왕은 자렴현(慈廉縣)에 철망을 쳐서 물의 정령의 공격을 막았다. 그러자 물의 정령은 따로 하나의 작은 강을 열어 이인강(蒞仁江)5)에서 갈강(喝江)6)으로 나와 타강(沱江)7)으로 들어가서 산원산의 뒤쪽을 치는 한편, 소석강의 지류를 열어 산원산 앞쪽을 향했다. 그래서 감자(甘蔗), 동루(東樓), 고악(古鶚), 마사(麻舍), 욕강(浴江) 등의 골짝은 물에 잠겨 만(灣)이 되었으며, 수족이 지나다니게끔 되었다.

물의 정령은 늘 풍우를 일으켜 날을 어두침침하게 만든 다음 물길을 따라 왕을 공격했다. 산 아래 백성들은 즉시 대를 엮어 울타리를 만들어서 이를 저지했다. 그리고 북을 치고 절구질을 하면서 큰소리를 내어 왕을 보호했다. 백성들은 울타리에 무엇이 달라붙는 족족 활을 쏘았는데 교룡, 물고기, 자라 등의 시체가 강을 뒤덮었다. 물의 정령이 이끄는 무리는 거듭 패해 돌아갔다. 그러나 물의 정령은 분을 삭이지 못해 해마다 8, 9월만 되면 강물을 범람시켜 벼농사에 해를 입히는 바람에

---

5) 이인(蒞仁) 일대의 강.
6) 다이강을 말함.
7) 산원산 부근을 흐르는 흑강을 일컫는 말.

산 아래 백성들이 피해를 봤다. 지금도 마찬가지다. 이것을 두고 세상 사람들은 모두,

"산의 정령과 물의 정령이 미랑에게 장가들기 위해 싸우는 거야."
라고들 한다.

용안과 여월의 두 신령

　여조(黎朝)[1]의 대행황제(大行皇帝)[2] 천복(天福) 원년인 신사년(辛巳年)[3]에 송나라 태조[4]는 장군 후인보(侯仁寶), 손전흥(孫全興) 등에게 명하여 군사를 이끌고 베트남을 침공하게 했다. 송나라 군대가 대탄강(大灘江)에 이르자 대행황제는 장군 범거량(范巨倆)과 함께 도로강(屠虜江)[5]에 진을 쳐 적을 막았다. 양군은 대치 상태에 있었다. 대행황제는 밤에 두 신인(神人)의 꿈을 꾸었는데, 그들은 강가에서 절을 하며 이렇게 말했다.

　"저희 형제는 이름을 장후(張吼), 장갈(張喝)이라 합니다. 일찍이

---

1) 980년에 정(丁) 왕조의 대장군 여환(黎桓)이 세운 전(前) 여조를 가리킨다. 전 여조는 30년간 지속되었다.
2) 전 여조의 창업자 여환을 가리킨다. 그는 980년에 즉위하여 18년간 재위했다.
3) 981년을 가리킨다. '천복'(天福)은 대행황제의 연호다. 『대월사기전서』에 의하면 신사년은 천복 원년이 아니라 천복 2년에 해당한다.
4) 실제로는 태조가 아니라 태종이다. 신사년은 태종 6년에 해당한다.
5) 지령(至靈)의 서남쪽을 흐르는 지금의 킨타이강을 가리킴.

조월왕(趙越王)을 섬겨 군사를 이끌고 적을 무찔러 나라를 세웠습니다. 후에 이남제(李南帝)[6]가 조월왕의 나라를 빼앗은 뒤 저희 형제의 소문을 듣고 불렀으나 저희는 명분상 갈 수가 없어 독을 마시고 자살했습니다. 상제께서는 저희 형제가 공이 있음을 어여삐 여기고 그 충의를 가상히 여겨 신부장관(神部將官)의 직책을 주어 귀졸(鬼卒)을 이끌게 했습니다. 지금 송나라 군대가 우리나라 땅을 침략하여 백성들이 고통을 겪고 있기에 임금님을 찾아뵌 것입니다. 아무쪼록 임금님과 함께 적을 공격하여 백성을 구했으면 합니다."

대행황제는 깜짝 놀라 꿈에서 깼다. 그리고 시종하는 신하에게 이르기를,

"이는 신령이 나를 도우시는 거다!"

라고 했다. 대행황제는 즉시 배 앞으로 가 향을 피워 치성을 드렸다. 그리고 이렇게 빌었다.

"신인(神人)께서 저를 도와 적을 물리치게 해준다면, 대왕에 봉하여 그 제사가 만세 무궁토록 끊어지지 않게 하겠습니다."

마침내 대행황제는 두 신인에게 희생을 바쳐 제사를 지냈으며, 옷·지전(紙錢)·코끼리·말 등을 하사하여 불에 태웠다. 이 날 밤 대행황제는 또다시 두 신인의 꿈을 꾸었다. 그들은 대행황제가 하사한 옷을 입고 있었으며 앞으로 다가와 감사의 표시로 절을 하였다. 이튿날 밤 대행황제는 꿈에 한 신인이 흰 옷을 입은 귀졸을 이끌고 평강(平江)에서 남쪽으

---

6) 후이남제(後李南帝)를 가리킨다. '이남제'에는 전이남제(前李南帝)와 후이남제 둘이 있는바, 후이남제는 전이남제의 일족인 이불자(李佛子)를 말한다. 이불자는 사술(詐術)을 써서 조월왕의 나라를 병합했다. 그러나 후에 수(隋)나라가 침공해 오자 싸우지도 않고 항복했으니, 이후 베트남은 수나라와 당나라에 복속되는 운명을 맞았다.

로 내려오고, 또 한 신인이 붉은 옷을 입은 귀졸을 이끌고 여월강(如月江)에서 내려와, 함께 적의 진영을 공격하는 것을 보았다.

10월 23일, 밤 두어 시경 시커면 하늘에 폭풍이 몰아치고 소낙비가 퍼붓자 송나라 군대는 놀라 흩어졌다. 이때 신인은 공중에서 큰소리로 이런 시를 읊었다.

남국의 산하에 남제(南帝)가 있다고
천서(天書)에 이미 적혀 있건만
북쪽 오랑캐 감히 침략해 왔으니
너네들 결딴나는 것 보게 되리라.

신인의 읊조림을 들은 송나라 군사들은 걸음아 나 살려라며 사방으로 달아났다. 이때 사로잡힌 송나라 군사들은 이루 말할 수 없이 많았다. 송나라 군대는 크게 패하여 돌아갔다.

대행황제는 개선한 후 두 신인을 봉하여, 동생을 '위적대왕'(威敵大王)[7]이라 하고 용안(龍眼)의 삼기강(三岐江)[8]에 사당을 세워 용안과 평강(平江)의 백성들로 하여금 받들어 제사지내게 했으며, 형을 '각적대왕'(却敵大王)[9]이라 하여 여월(如月)에 사당을 세워 강 주변의 백성들로 하여금 받들어 제사지내게 했는데, 지금도 그렇게 하고 있다고 한다.

---

7) '적을 두렵게 하는 대왕'이라는 뜻.
8) 여월강, 룩남강, 천덕강이 합류하는 일대의 강을 일컫는 말로 추정됨.
9) '적을 물리치는 대왕'이라는 뜻.

도행 선사와 명공 선사

도행 선사

불적산(佛跡山)[1]에 있는 천복사(天福寺)의 도행 선사(道行禪師)는 성이 서씨(徐氏)이고 이름이 노(路)다. 그 아버지 영(榮)은 이조 때 승려 벼슬인 도찰(都察)을 역임했다. 영은 일찍이 안랑향(安朗鄕)에서 노닐다가 증씨(曾氏)에게 장가들어 거기에 눌러살았다. 노는 증씨 소생이다. 노는 젊어서부터 협객 기질이 있었으며 기개가 높고 뜻이 컸는데, 선비 비생(費生), 도사 여전의(黎全義), 악공 반을(潘乙)과 친했다. 밤에는 힘써 책을 읽었으나 낮에는 피리를 불거나 격구(擊毬)[2]를 했으며 도박도 즐겨 했다. 그래서 영은 늘 노의 방탕하고 게으른 생활 태도를 나무랐다. 어느 날 저녁 영은 아들 방에 몰래 들어가 보았다.

---

1) 국위부(國威府) 안산현(安山縣) 소재의 산.
2) 말을 타고 달리며 작대기로 공을 치던 무예.

등불이 가물거리는 속에 책이 산더미처럼 쌓여 있었으며 노는 책상에 기대어 자고 있었다. 그러나 자면서도 손에서 책을 놓지 않고 있었다. 영은 이후 다시는 아들 걱정을 하지 않았다. 노는 그후 승려 시험에 응시하여 백련과(白蓮科)[3]에 합격했다.

얼마 후 영은 도사 연성후(延成侯) 및 사대전(謝大顚)과 틈이 생겼다. 대전은 사술(邪術)로써 영을 죽인 다음 그 시신을 소력강(蘇瀝江)에 던져 버렸다. 시신은 강물에 떠내려가다 결교(決橋)의 대전 집 앞에 이르러 갑자기 벌떡 일어나 손가락으로 그 집을 가리키며 하루 종일 머물러 있었다. 집안 사람들은 두려워 대전에게 이 사실을 얼른 알렸다. 이에 대전이 와서 소리치기를,

"승려는 숙한을 품지 않는 법이다!"

라고 하니 시신은 그 소리를 듣자마자 대번에 엎어져 강물에 떠내려갔다.

노는 아버지의 원수를 갚고자 했으나 방법이 없었다. 하루는 대전이 나오기를 기다려 때려죽이고자 했다. 그런데 갑자기 공중에서,

"그만둬! 그만둬!"

하는 소리가 나는 게 아닌가. 노는 덜컥 겁이 나 몽둥이를 버리고 와 버렸다. 노는 인도(印度)에 가서 신령한 술법을 배워 와 대전과 맞서려고 했다. 인도에 가려면 금치만(金齒蠻)을 지나가야 하는데, 길이 너무 험해 가다가 그만 돌아왔다. 그리하여 불적산의 암굴에 은거하여 날마다 오직 「대비심경(大悲心經) 다라니」[4]만 독송해 십만 팔천 번을 채웠다. 그러자 어느 날 신인(神人)이 와서 이르기를,

___

3) 승과(僧科)의 하나.

4) 「대비심 다라니」를 말한다. 「대비심 다라니」는 천수천안(千手千眼) 관세음보살의 공덕을 설한 주(呪)다. 다라니는 범문(梵文) 그대로의 간단한 문구를 일컫는 말이다.

"저는 사천왕(四天王)5)인데 스님의 독송하는 공덕에 감동하여 이렇게 와서 뵙고 분부에 따르고자 합니다."
라고 했다.

노는 자신의 도술이 이미 원숙해졌음을 깨닫고 이제 부친의 원수를 갚을 수 있겠구나 하고 생각했다. 그리하여 결교로 가서 자신이 갖고 있던 지팡이를 급류 중에 한번 던져 보았다. 지팡이는 거북이처럼 물을 거슬러 올라가더니 서양교(西陽橋)에 가서 멈추었다. 노는 기뻐하며 말했다.

"이제 나의 도술이 대전의 도술을 이길 수 있겠구나!"

노는 몸이 안 보이게 하는 도술을 행한 다음 즉시 대전이 있는 곳으로 가서 대전에게 말했다.

"너는 지난 일을 기억하고 있겠지?"

대전은 공중을 우러러보았지만 아무것도 보이지 않았다. 노는 대전을 실컷 두들겨 패주었다. 대전은 이 때문에 병이 나 죽었다. 노는 숙원을 갚고 나자 속세에 대한 생각이 싹 사라졌다. 그리하여 절간을 두루 돌아다니며 불법을 구하였다. 노는 교지현(喬智玄)이 태평사(太平寺)에 있다는 말을 듣고 찾아가 알현했으며, 참된 마음이 무엇인지를 묻고 다음과 같은 게(偈)를 읊었다.

풍진에 오래 있어 금(金)6)을 모르니
참된 마음 대체 어디 있는지?
바라노니 가르침으로 방편을 열어

---

5) 사방을 지켜 불법에 귀의한 중생을 수호하는 신.
6) 불법(佛法)·불인(佛印)을 상징하는 말.

괴로이 보리(菩提)7) 찾는 일 끊어 주시길.

지현은 그 게에 이렇게 답했다.

오음(五陰)의 비결8)에 금이 있으니
그중 보름달9)은 선심(禪心)을 드러내네.
강가의 모래가 곧 보리어늘
보리를 찾는다면서 만물 밖에서 찾고 있군.

노는 그 뜻을 알 수 없었다. 노는 마침내 숭운(崇雲)의 제자인 법범
(法範)에게 찾아가 물었다.
"참된 마음이란 어떤 것입니까?"
법범은 이렇게 대답했다.
"그 누구, 그 무엇이 참된 마음 아니겠나?"
이 말을 듣고 노는 환히 깨달았다. 노는 다시 이렇게 물었다.
"몸가짐을 어떻게 해야 합니까?"
법범이 말했다.
"배고프면 먹고 목마르면 물을 마시면 되지."
노는 절을 하고 떠났다. 이후 도력(道力)이 더욱 높아지고 선연(禪
緣)10)이 더욱 두터워져 산야의 뱀이며 짐승들이 떼지어 와 그에게 순종

---

7) 불교의 진리. 첫번째 시구에서 말한 '금'과 같은 뜻임.
8) 부처님 말씀, 즉 불경(佛經)을 가리키는 듯함.
9) 여래(如來)의 본체. 원융한 불법을 형용하는 말.
10) 선기(禪機). 선(禪)의 수행으로 체득한 무아의 경지로부터 나오는 마음의 작용.

했다. 또 손가락에 불을 살라 비를 빌고 물에다 주문을 외어 그 물로 치병 행위를 했는데, 어느 것 하나 당장 효험이 나타나지 않는 게 없었다. 어떤 승려가 노에게 물었다.

"행주좌와(行住坐臥)11)가 모두 불심(佛心)인가요?"

노는 다음과 같은 게로써 대답했다.

'유'(有)를 지으면 '유'(有)가 무한하고
'공'(空)이라 하면 일체가 '공'(空)이지.
유와 공은 물에 비친 달과 같거늘
집착을 끊는 것이 공공(空空)12)이니라.

그리고 다시 이런 게를 읊었다.

해와 달이 바위에 비치고 있건만
사람들은 화주(火珠)13)를 잃었다 하네.
나그네는 망아지가 있으면서도
걸어가며 망아지를 타지 않누나.

---

11) 걸어다니고, 머물고, 앉고, 눕는 것. 곧 우리들이 날마다 하는 행위.

12) 만상(萬象)은 임시로 있는 것에 불과하므로 공(空)이라 하거니와, 그 공도 또한 공한 것이므로 이같이 말함. 한편 공에는 완공(頑空)과 진공(眞空)이 있는바, 공에 집착하는 것이 완공이고 공이라는 생각조차 버리는 것이 진공인데, 여기서 공공은 진공에 해당함.

13) 중국 동남쪽 해상의 나찰국(羅刹國)이라는 나라에서 나는 구슬로 큰 것은 계란만한데, 그 빛이 족히 수척(數尺)을 비춘다고 함.

당시 이조의 인종(仁宗)¹⁴) 황제에게는 아직 후사가 없었다. 회상대경(會祥大慶)¹⁵) 3년 3월에 청화부(清化府) 사람이 이런 상소를 올렸다.

바닷가 모래톱에 신령한 아이가 있사온데 세 살에 능히 말을 하면서 자칭 임금의 아들이며 호가 각황(覺皇)¹⁶)이라고 한다 하옵니다. 이 아이는 폐하가 하시는 일을 모르는 게 없습니다.

임금은 사람을 보내 가서 살펴보게 했는데 과연 그 말대로였다. 그래서 서울로 데려오게 해 보천사(報天寺)에 머물게 했다. 각황은 곧 대전의 환생이었다. 임금은 그 총명하고 재주 있음을 사랑하여 황태자로 삼으려 했다. 신하들은 그렇게 해서는 안된다고 간하면서 이렇게 말했다.

"저 아이가 정말 신령하다면 반드시 궁궐에 다시 태어나게 한 뒤에 황태자로 삼아야 옳을 것입니다."

임금은 그 말에 따르기로 했다. 그리하여 마침내 7일간 밤낮으로 재(齋)를 올려 탁태법(托胎法)¹⁷)을 행하고자 했다. 노는 이 소문을 듣고 몰래 여동생에게 말했다.

"저 아이는 요괴로서, 사람을 속인 일이 아주 많다. 내 어찌 차마 저 요괴가 사람들의 마음을 현혹시키고 정법(正法)을 어지럽히는 걸 가만히 보고만 있을 수 있겠니?"

마침내 노는 여동생을 보내 살펴보게 함과 동시에 몰래 자기의 인장

---

14) 재위 기간 1072~1127년.
15) 인종이 1110년부터 1119년까지 사용한 연호.
16) 부처를 일컫는 말.
17) 여자의 태(胎)에 들어가 환생하게 하는 술법.

몇 개를 재 올리는 집의 처마 위에 올려놓게 했다. 재를 올린 지 3일째 되는 날 각황은 병에 걸렸다. 그는 다른 사람에게 말하기를,

"철망(鐵網)이 온 나라를 둘러싸고 있어 도저히 다른 사람의 몸에 들어갈 수가 없어!"

라고 했다. 말을 마치자 그는 숨을 거두었다. 임금은 노가 주술을 방해했다고 의심하여 그를 찾게 했다. 아니나다를까 노의 이름이 새겨진 인장이 발견되었다. 임금은 노를 묶어 홍성루(興聖樓)에 감금하고는 신하들을 불러 노의 죄를 논하게 했다. 그때 마침 숭현후(崇賢侯)[18]가 홍성루를 지나갔다. 노는 그에게 하소연했다.

"바라건대 빈도를 구해 준다면 훗날 부인의 태(胎)에 들어가 은혜를 갚겠습니다."

숭현후는 고개를 끄덕거렸다. 급기야 신하들이 모여 노의 죄를 논했는데 모두 이렇게 말했다.

"폐하께서 후사가 없어 탁생(托生)을 빌었는데 노가 망령되이 주술을 방해했으니 의당 사형에 처해 천하에 사죄케 해야 합니다."

그러자 숭현후가 홀로 나서서 아뢰었다.

"만일 각황에게 신술(神術)이 있었다면 노가 주술을 방해한들 무슨 상관이 있었겠습니까? 이제 거꾸로 이런 결과가 초래되었으니 노가 각황보다 더 뛰어나다 하겠습니다. 신이 가만히 생각건대, 노에게 죄를 주느니 그에게서 탁생의 방법을 듣는 게 낫지 않을까 하옵니다."

이 말을 듣고 임금은 노를 용서했다. 노는 곧장 숭현후의 집에 찾아가 감사를 표했다. 그리고 즉시 그 부인 두씨(杜氏)가 목욕하는 곳에

---

18) 원주(原註)에 "임금의 동생이다"라고 했음.

가까이 다가가 그 모습을 엿보았다. 부인은 크게 화를 내며 남편에게 이 사실을 알렸다. 숭현후는 본디 노의 의도를 알고 있었으므로 노를 나무라지 않았다. 이후 부인은 태기가 있었다. 노는 숭현후에게 이렇게 당부했다.

"훗날 부인께서 출산하시려고 하면 꼭 저한테 먼저 알리셔야 합니다."

이러구러 산기가 되었지만 해산이 순조롭지 못했다. 숭현후는 노가 전에 한 말이 생각나 급히 사람을 보내 노에게 알렸다. 노는 전갈을 받자 몸을 깨끗이 씻은 다음 옷을 갈아입더니 그 문도들에게 말했다.

"나는 아직 숙연(宿緣)이 다하지 않았으므로 세상에 탁생해 잠시 왕이 될 것이다. 그리고 왕으로 있다가 죽고 나서 다시 33년이 지나면 태자가 될 것이다. 그후 죽어 몸이 없어지면 열반에 들어 다시는 태어나지도 죽지도 않을 것이다."

이 말을 듣자 감읍하지 않는 문도들이 없었다. 노는 게를 한 수 읊었다.

가을 알리지 않더라도 기러기는 남으로 날아가니
인간 세상을 웃으며 잠시 슬픔을 고하노라.
문도들아 날 그리워하지 말아라
옛 스승이 오늘의 스승 된 게 몇 번이더뇨?

노는 게를 읊고 나서 태연히 죽었다. 그와 동시에 숭현후의 부인은 아들 양환(楊煥)을 낳았다. 양환이 세 살이 되자 인종은 그를 궁중에 데려다 길러 태자로 삼았다. 인종이 죽자 태자가 즉위하니 이가 곧 신종(神宗)[19]이다. 신종은 노의 환생이었던 것이다.

마을에서는 이 일을 신이하게 여겨 노의 시신을 감실(龕室)[20]에 봉안하여 받들었다. 노의 모습은 지금도 국위부(國威府) 안산현(安山縣) 불적산에 있는 천복사의 바위굴에서 볼 수 있다고 한다.

명공 선사

장안(長安)[21] 대황(大黃)의 담사향(潭舍鄉) 사람 완지성(阮至誠)은 국청사(國淸寺)에 거주했는데, 호를 명공 선사(明空禪師)라 했다. 그는 일찍이 유학(遊學) 중에 도행(道行)을 만나 그 가르침에 따른 지 40년이나 되었다. 도행은 그 뜻을 가상히 여겨 그에게 심인(心印)[22]을 전했으며 '명공'이라는 호를 내렸다. 도행은 죽을 때 명공에게 이런 말을 남겼다.

"저 옛날 석가모니는 원융한 도를 이루셨음에도 칼과 창의 위태로움을 겪으셨거늘, 하물며 나의 성취는 하잘것없으니 어찌 능히 스스로를 보전하랴! 나는 장차 세상에 탁생(托生)하여 임금의 자리에 오르겠지만, 질병은 이미 결정되어 있는지라 피하기 어렵겠구나. 너는 나와 인연이 있으니 나를 구해 주었으면 한다."

도행이 세상을 떠난 후 명공은 옛 절로 돌아와 거주했는데 20년 동안 일체의 명성을 구하지 않았다.

---

19) 재위 기간 1128~1138년.
20) 절이나 사당에 마련하여 신주(神主)나 부처 등을 모셔 두는 곳.
21) 영평성(寧平省)의 땅 이름. 청화(淸化)의 북쪽임.
22) 선가(禪家)에서 이심전심으로 전해지는 깨달음.

그때 신종(神宗)이 알 수 없는 병에 걸려 심신이 혼미해졌다. 그는 울부짖으며 소리를 질러대어 사람들을 두렵게 했다. 천하의 용하다는 의원이 천여 명이나 불려 올라왔지만 모두 손을 쓰지 못했다. 당시 민간에는 이런 동요가 나돌았다.

천자의 병을 고치려면은
완명공을 불러야 하리.

이에 조정에서는 사신을 보내 그를 찾았다. 그리하여 마침내 그가 있는 곳을 알아냈다. 사신 일행에는 뱃사공이 썩 많았는데 그들은 푸성귀로 배를 채우려 하고 있었다. 이에 명공은 작은 솥에 든 밥을 뱃사공들한테 주면서 함께 먹으라고 했다. 그리고는 말하기를,
"사람 수가 심히 많아 부족하지 않을까 싶지만 우선 한번 먹어 보시구려."
라고 했다. 사공 수백 명이 밥을 먹었지만 밥은 동나지 않았다.
밥을 다 먹고 나자 명공은 다시 이렇게 말했다.
"모두들 한숨 푹 주무시구려. 밀물이 되면 출발토록 할 테니까."
사공들은 시키는 대로 모두 선상에서 달콤한 잠에 빠져들었다. 그 잠깐 사이에 배는 이미 서울에 도착했다. 잠에서 깬 사공들은 모두 깜짝 놀랐다.
명공이 도착해서 보니 이미 사방에서 온 고명한 의원들이 침전(寢殿)에서 의술을 베풀고 있었다. 그들은 명공의 꾀죄죄한 모습을 보고는 멸시했으며 아는 체도 하지 않았다. 명공은 친히 길이가 다섯 치쯤 되는 큰 못을 갖고 들어가 침전의 기둥에다 박고는 큰소리로 말했다.

"이 못을 빼는 사람이 병을 치료할 수 있을 것이오!"

두 번 세 번 이렇게 말했지만 아무도 감히 나서는 사람이 없었다. 그러자 명공이 왼손의 두 손가락으로 못을 뽑았다. 못은 손을 대자마자 쑥 뽑혔다. 이를 보고 사람들은 모두 놀라고 탄복했다.

마침내 명공은 임금의 병환을 살피기 위해 안으로 들어갔다. 명공은 임금을 보자마자 다짜고짜 이렇게 꾸짖었다.

"대장부가 귀하기로는 천자의 지위를 누리고 부유하기로는 천하를 소유했으면서 왜 미쳐 날뛰는 거야!"

이 말에 임금은 놀라고 두려워하는 눈치였다. 명공은 큰 솥에 물을 담아 끓이게 했다. 물이 펄펄 끓자 몇 번 손을 담그더니 임금의 몸에다 물을 뿌렸다. 그러자 병이 즉시 나았다. 임금은 명공을 국사(國師)에 임명하고 수백 호(戶)의 조세를 덜어 주는 상을 내렸다.

대정(大定) 2년 신유년(辛酉年)[23]에 명공은 세상을 떴는데 당시 일흔여섯이었다.

---

23) 1141년에 해당함. 대정(大定)은 신종의 아들인 영종(英宗)의 연호임.

남조

남조(南詔)¹⁾는 남월국(南越國)을 세운 무제(武帝) 조타(趙佗)²⁾의 후손을 일컫는 말이다.

한(漢) 무제(武帝) 때 남월국의 승상 조여가(趙呂嘉)³⁾는 한나라 왕실에 불복하여 한나라 사신 안국소계(安國少季)⁴⁾ 등을 살해했다. 한

---

1) 원래 당나라 때 오만족(烏蠻族)과 백만족(白蠻族)이 중국의 운남성(雲南省) 일대에 세운 왕국인데, 여기서는 실제 사실과 다르게 조타(趙佗)의 후손이 연주(演州)와 예안(乂安) 일대에 세운 나라로 서술했음.

2) 원래 중국의 관리였으나 기원전 207년에 남월국을 세웠음. 후에 무제(武帝)라고 칭제(稱帝)했음.

3) 남월국의 제4대 왕인 애왕(哀王) 때의 재상. 당시 베트남 조정은 친한파(親漢派)와 반한파(反漢派)가 대립하고 있었는데 왕의 모친인 규씨(樛氏)는 원래 중국인으로서 친한파를 대표하는 인물이었으며 조여가는 토착 세력으로서 반한파를 이끄는 인물이었다. 조여가는 마침내 애왕과 규씨 및 한나라의 사신을 살해하고 애왕의 이복형이자 자신의 사위인 건덕을 새로운 왕(=술양왕)으로 옹립했다.

4) 『대월사기전서』에 의하면 '안국'은 성이고 '소계'는 이름이다. 『통감』(通鑑)에는 '소계'가 자(字)라고 했다.

무제는 노박덕(路博德)과 양박(楊樸) 등에게 명하여 군사를 이끌고 가 남월국을 정벌하게 했다. 그리하여 술양왕(術陽王) 건덕(建德)과 조여가 등을 사로잡은 뒤 남월국을 병합하고 한나라의 태수들로 하여금 나누어 다스리게 했다.[5]

남월국이 망하자 조타의 자손들은 뿔뿔이 흩어졌다가 후에 다시 신부(神符)와 횡산(橫山)의 사람이 살지 않는 한적한 곳에 모여 살았다. 그들은 배를 건조했으며 때로 경내(境內)로 들어가 바닷가 사람들을 약탈하기도 하고, 한나라의 태수를 살해하기도 했다. 백성들은 이들 세력을 두려워하며 남조(南趙)[6]라고 불렀는데 후에 와전되어 남조(南詔)[7]가 되었다.

중국의 삼국시대 때 오나라 왕인 손권(孫權)이 대량(戴良)과 여대(呂岱)를 태수에 임명하여 남월국의 옛 땅을 다스리게 했다. 당시 남조는 천리산(天摛山),[8] 하화(河華), 고망(高望), 횡산(橫山), 오준(烏蹲) 해안, 사부(史部), 장사(長沙), 계도(桂堵), 망개(望盍), 뇌뢰(磊雷) 등지의 땅을 차지했는데, 그 무리는 산이 높고 바다가 깊으며 파도가 심해 인적이 없는 곳에 살았다. 그들은 늘 도적질하고 약탈하는 것을 업으로 삼아 오나라의 태수를 공격하고 살해했지만 막을 도리가 없었다. 남조는 그 무리가 차츰 강성해지자 재화와 주옥(珠玉)을 서파야국(西婆夜國)에 보내 혼인을 맺어 서로 도울 것을 청했다.

---

5) 한 무제는 군대를 파견해 기원전 111년에 남월국을 멸망시킨 후 일곱 개의 군을 두었다. 한반도의 북부에 낙랑·진번 등의 군(郡)을 설치하기 3년 전의 일이다.

6) '남월국의 조씨'라는 뜻.

7) '남조'의 '조'는 원래 왕이나 수령을 뜻하는 말임.

8) 어떤 본에는 "기화현(奇華縣) 하중사(河中社) 해구문(海口門)이다"라는 세주(細註)가 있음.

진(晉)나라 말에 중국이 크게 어지러울 때 베트남 토착 세력의 지도자로 조옹리(趙翁李)라는 사람이 있었는데 그 또한 조타의 후손이었다. 그는 형제가 여럿이었으며 용력이 과인하여 뭇사람이 따랐다. 마침내 조옹리는 자신의 무리와 남조의 무리를 합쳤는데 그 수는 도합 2만여 명이었다. 옹리는 다시 보배와 주옥을 서파야국에 보내 선린 관계를 맺기를 청했으며, 서파야국 해변의 빈 땅에서 살게 해달라고 간청했다. 이에 서파야국 왕은 강가와 해안가의 땅이 각기 반씩 포함되게 두 지역을 설정했다. 그리하여 기주(夔州)로부터 연주(演州)까지는 여환로(茹還路)라 하고 금주(琴州)로부터 환주(驩州)까지는 임안로(臨安路)라 하여, 이 두 곳을 남조에게 주어 옹리로 하여금 다스리게 했다. 옹리는 연주의 고사향(高舍鄕)에 성을 쌓았다. 옹리가 다스리는 땅은 동쪽으로 바다를 끼고 서쪽으로 파야국에 접했으며 남쪽으로 횡산에 이르렀다. 옹리는 마침내 스스로 왕이 되었다.

동진(東晉)의 황제는 장군 조가(曹可)에게 명해 군대를 이끌고 남조를 공격하게 했다. 그러자 옹리는 강가의 험한 땅에 코끼리를 탄 군사들을 잠복시켜 동진의 군대를 공격하게 했다. 그리고 바다 밖의 연산(連山)과 말산(末山)으로 나가 적을 피하였다. 옹리는 적군이 모이면 흩어지고 적군이 흩어지면 모이는 게릴라 전술을 펼쳐, 낮이 되면 나왔다가 밤이 되면 도로 들어가기를 4, 5년 되풀이했다. 그러나 적과 본격적으로 교전하지는 않았다. 그러자 동진의 병사들은 남방의 풍토병을 견디지 못해 그 절반이 목숨을 잃었다. 그리하여 동진의 군대는 어쩔 수 없이 퇴각했다.

그후 남조는 장안(長安) 도성9)의 각처를 공략했는데 태수들은 그것을 막을 수 없었다. 남조는 당나라 때 더욱 번성했다.10) 그리하여 당나라 의종(懿宗)은 고변(高騈)에게 명령해 남조를 토벌하게 했으나, 그 역시 승리하지 못한 채 돌아왔다.[11]

오대(五代) 때 진(晉)나라[12]의 석경당(石敬瑭)[13]이 사마(司馬) 이진(李進)에게 명해 군사 30만 명을 이끌고 도산(塗山)을 공격케 했는데, 남조는 차츰 패퇴하여 마침내 애뢰(哀牢)[14]의 변방 땅에 붙어살게 되었으며 두모국(頭模國)이라 불렸다. 지금은 분만(盆蠻)[15]이라고 불린다. 남조는 늘 약탈하는 것을 업으로 삼은바, 때로 중단한 적은 있으나 완전히 그만둔 적은 없다.

---

9) 승룡성(昇龍城)을 가리키는 듯함.

10) 남조는 당나라 의종(懿宗) 초년인 860년에서 863년 사이에 세 차례 안남을 공격했으며 두 차례 교지(交趾)를 함락시켰다.

11) 실제 사실은 이와 다르다. 고변은 남조를 격파한 후 5년 가까이 안남을 안정적으로 통치했다.

12) 후진(後晉)을 가리킨다. 936년에 성립되어 946년에 망했음.

13) 후진의 창업자로, 7년간 재위했음.

14) 지금의 라오스.

15) 원래 까강(江)의 상류인 진녕(鎭寧) 일대에 거주하는 종족으로 추장은 금씨(琴氏)임. 후에 라오스와 함께 반란을 일으키자 여조(黎朝)의 성종(聖宗)이 홍덕(洪德) 10년 (1479)에 토벌에 나섬.

소력

    당나라 의종(懿宗)[1]은 함통(咸通) 6년[2]에 고변을 안남 도호에 임명하여 군사를 이끌고 남조를 토벌하도록 명령했다. 안남이 평정되자 당나라는 안남성(安南城)에다 안남 도호부 대신 새로 정해군(靜海軍)[3]을 설치하고 고변을 초대 절도사에 앉혔다. 고변은 천문(天文)과 지리(地理)에 밝았다. 그는 땅의 형세를 살펴 노강(瀘江) 서쪽에 대라성(大羅城)[4]을 쌓았는데 둘레가 자그마치 3천 보[5]나 되었다. 고변은 이

---

1) 의종은 860년부터 873년까지 재위했음.

2) '함통'은 의종의 연호이며, 함통 6년은 865년임. 의종이 고변을 안남 도호에 임명한 것은 실제로는 함통 5년인 864년임.

3) 당나라 의종은 864년 고변을 안남 도호에 임명하여 안남으로부터 남조의 군대를 축출하게 했다. 866년 고변은 안남의 나성(羅城)을 공격했는데, 이 싸움에서 남조의 장군 단추천(段酋遷)이 전사하고 그 휘하 군사 3만 명이 목숨을 잃었다. 당나라는 이 해에 안남 도호부를 철폐하고 새로 정해군을 설치했으며 큰 공을 세운 고변을 그 초대 절도사에 임명했다.

4) 고변은 나성의 수비를 견고히 하기 위해 나성 외곽에 대라성이라는 성을 쌓았는데, 이 성은 주위가 2천 장(丈) 가까이 되고 높이가 2장 6척이나 되었다고 한다. 이 성은 이후

성에 거주했다.

노강에서 갈라져 나온 작은 강이 서북 쪽으로 흘러들어와 남쪽을 경유하며 대라성을 에워싸는데 그 말류는 다시 큰 강으로 흘러들어간다. 6월 무렵이다. 비가 내려 강물이 불었을 때 고변은 작은 배를 타고 물길을 따라 작은 강으로 들어갔다. 1리쯤 갔을까, 문득 머리와 수염이 허연 노인 하나가 나타났는데 용모가 기이했다. 노인은 강에서 목욕을 하고 있었는데 반가운 듯 말을 했다. 그래서 고변이 물었다.

"노인장은 성함이 어떻게 되시오?"

노인이 대답했다.

"성은 소씨(蘇氏)고, 이름은 력(瀝)[6]이라 하오."

고변이 다시 물었다.

"노인장의 댁은 어디시오?"

노인이 대답했다.

"이 강에 있소이다."

말을 마치자 강물 빛이 어둑어둑해지더니 노인이 홀연 사라졌다. 고변은 노인이 신인(神人)임을 깨닫고 그 강 이름을 '소력강'이라 했다.

그 뒤 날이 가문 어느 날이다. 고변은 대라성의 동남 쪽에서 노강의 언덕을 바라보며 서 있었다. 그때 갑자기 강에서 큰 바람이 일어나고, 파도가 넘실댔으며, 안개가 자욱이 깔리는 것이었다. 그리고 강물 위 2장(丈) 남짓한 높이에 이인(異人)이 우뚝 서 있었는데, 황색 옷을 입

80년 가까이 정치적 중심지가 되었다. 11세기 초에 세워진 이조(李朝)는 이곳을 도읍지로 삼았으며 성의 이름을 승룡성(昇龍城)으로 바꾸었다.
5) 8척 혹은 6척(혹은 5척)에 해당하는 길이의 단위.
6) 베트남어로 하천이나 수로를 뜻함.

고 자줏빛 모자를 썼으며 손에는 금빛 나는 홀(笏)[7]을 쥐고 있었다. 공중에는 광채가 오르락내리락하며 번쩍거렸다. 해가 중천에 떠오를 때까지도 안개는 흩어지지 않았으며 이인의 모습은 그대로였다. 고변은 너무 놀라 저 자를 제압해야겠다고 생각했다. 그 날 밤 꿈에 신인이 나타나 이렇게 말했다.

"나를 제압하려 들지 마라. 나는 용두(龍肚)의 신령으로서 지신(地神)의 우두머리니라. 그대가 이곳에 성을 쌓았지만 내가 여태 그대를 만나 보지 못했으므로 한번 와 본 것이니라. 나를 제압하려 한들 내가 뭘 걱정하겠는가."

고변은 놀라 꿈에서 깼다. 이튿날 고변은 제단을 설치하여 술법을 펴게 했다. 그리하여 금, 은, 구리, 쇠로 부적을 만들어 3일 낮밤 동안 주문을 외었다. 그리고 나서 부적을 땅에 묻어 신령을 제압하려 했다. 이날 밤 뇌성과 번개가 요란하고 비바람이 심하게 일더니만 눈 깜짝할 사이에 땅에 묻었던 부적이 모두 도로 땅 위로 나와 재로 변한 다음 싹 날아가 버렸다. 이를 보고 고변은 이렇게 탄식했다.

"이곳엔 신령한 신이 있구나. 그러니 오래 머물러 화를 입는 일이 없도록 해야겠다. 나는 당장 중국으로 돌아가야겠다."

그후 의종은 고변을 중국으로 소환했는데, 아니나다를까 고변은 죽임을 당했다. 그리하여 고심(高鄩)[8]이 고변을 대신해 베트남을 다스렸다.

---

7) 옛날 벼슬아치가 조정에 들 때 조복(朝服)에 갖추어 손에 쥐던 물건.
8) 고변의 손자로서 고변에 이어 정해군 절도사가 됨.

공로 선사와 각해 선사

공로 선사

해청(海淸)[1]의 엄광사(嚴光寺)에 있던 공로 선사(空路禪師)는 성이 양씨(楊氏)이고 해청 사람이다. 집안이 대대로 어업에 종사했는데 선사는 가업을 버리고 승려가 되었다. 선사는 늘 절에 있으면서 『다라니문경』(陀羅尼門經)[2]을 독송했다.

선사는 창성가경(彰聖嘉慶)[3] 중에 각해(覺海)와 도우(道友)가 되어 하택사(河澤寺)에 머물렀다. 선사는 거친 옷을 입고 거친 밥을 먹으며 몸을 잊은 채, 밖으로 향하는 마음을 끊고 안으로 선정(禪定)을 닦았다. 그리하여 심신(心神)과 이목(耳目)이 환히 밝아졌으며, 하늘을

---

1) 원주(原註)에 "진(陳)나라 태종(太宗) 때에는 결청군(決淸郡)이라고 했다. 지금의 천장부(天長府)다"라고 했음.
2) 인도 불교사의 후기인 밀교시대(800~900)에 결집된 경전들을 '다라니문'이라고 함.
3) 이조 성종(聖宗)의 연호. 1059년부터 6년간 사용되었음.

날고 물 위를 걸어다닐 수 있게 되었다. 호랑이나 용까지도 선사 앞에 머리를 숙였으니, 그 기기묘묘한 조화는 이루 헤아릴 수 없을 정도였다. 그후 선사는 고향으로 돌아와 절을 창건해 그곳에 머물렀다.

하루는 시자(侍子)가 이렇게 사뢰었다.

"저는 스스로 여기에 왔사온데 여태껏 심인(心印)⁴⁾을 가르쳐 주시지 않으니 감히 게(偈)를 올립니다."

심신을 갈고 닦아 맑음을 얻었으니
가부좌 틀고 앉아 마음을 바라보네.
누가 공(空)이 뭔지 물어보길래
병풍에 비치는 네 그림자가 '공'이라 했네.

선사는 시자를 이렇게 깨우쳤다.

"네가 산에서 오면 나는 너를 맞이했고 네가 물에서 오면 나는 너를 받아들였거늘, 어디선들 너에게 심인을 안 줬던가?"

그리고는 껄껄 웃었다.

선사는 일찍이 이런 게를 읊은 적이 있다.

빼어난 땅 얻으니 지낼 만하여
산수의 정취 종일토록 기쁨이 한량없네.
때로 산꼭대기에 곧장 올라가
휘파람 길게 부니 하늘이 서늘하네.

---

4) 선가(禪家)에서 이심전심으로 전해지는 깨달음을 일컫는 말.

선사는 상부대경(祥符大慶) 10년5) 6월 초삼일에 열반에 들었다. 문인들은 선사의 사리를 수습하여 절문 곁에 안치했다. 나라에서는 절을 넓게 개수하라는 조칙을 내렸으며, 2천 호(戶)의 세금을 덜어 주어 그것으로 선사의 제사를 지내게 했다.

각해 선사

각해 선사(覺海禪師) 역시 해청 사람으로, 본군(本郡)의 연복사(延福寺)에 거주했다. 성은 완씨(阮氏)다. 선사는 처음에 물고기 잡는 일을 좋아하여 늘 고깃배를 집으로 삼아 강해(江海)에 떠돌아다녔다. 스물다섯 살 때 비로소 고기 잡는 일을 버리고 머리 깎고 승려가 되었다. 처음에 공로 선사와 함께 하택사에 있었는데 곧 공로의 법사(法嗣)6)가 되었으며 후에 고향의 연복사에 거주했다. 선사는 소요독락(逍遙獨樂)7)하면서 사람들에게 아무것도 구하지 않았으며 수시로 절의 재산을 처분해 공양8)을 장만했다.

하루는 인종이 선사와 통현 진인(通玄眞人)9)을 연맹궁(蓮甍宮)의 양석사(涼石寺)로 불러들여 곁에 앉게 했다. 그때 갑자기 큰 도마뱀 두 마리가 서로 화답하며 울어대어 몹시 시끄러웠다. 임금은 통현더러 술법을

---

5) '상부대경'은 이조 인종(仁宗)의 연호이며, 상부대경 10년은 1119년에 해당함.
6) 법통을 이어받은 후계자.
7) 세상 밖에서 아무런 구속 없이 자유롭게 지내면서 홀로 즐거워함을 일컫는 말.
8) 부처에게 올리는 밥.
9) '진인'은 도교에서 도사를 일컫는 말.

써서 그 울음소리를 그치게 하라고 했다. 통현이 가만히 주문을 외니 도마뱀 한 마리가 땅에 떨어졌다. 임금은 빙그레 웃으며 선사에게 말했다.

"아직 하나가 남았으니 선사에게 맡기노라."

선사가 주문을 외니 곧 나머지 한 마리가 땅에 떨어졌다. 임금은 기이하게 여겨 이 일을 기리는 시를 읊었다.

각해의 마음은 바다와 같고
통현의 도 역시 현묘하구나.
신통력이 조화를 부리니
하나는 부처요 하나는 신선일세.

이후 선사의 이름이 천하에 널리 알려져 승도들이 찾아오곤 했다. 임금 역시 선사를 스승의 예로 대접하여 매양 해청의 행궁(行宮)10)에 거둥할 때면 꼭 먼저 선사가 있는 연복사를 찾았다.

어느 날 임금은 선사에게 이런 말을 했다.

"선사의 신통력을 한번 보여줄 수 없겠소?"

이에 선사는 팔변통(八變通)11)을 행했다. 그러자 선사의 몸이 서너 장(丈) 가량 공중으로 날아올랐다. 한참 있다가 선사는 도로 땅으로 내려왔다. 임금과 신하들은 모두 합장하며 탄복하였다. 임금은 선사에게 가마를 하사해 그걸 타고 궁궐을 나가게 했다.

신종(神宗)이 즉위하여 여러 차례 선사를 불렀으나 선사는 노병(老病)을 이유로 나아가지 않았다. 누가 선사에게 물었다.

---

10) 임금이 궁 밖에 거둥할 때 묵던 별궁.
11) 팔변화(八變化)를 말함. 불교에서 여덟 가지 신통력을 일컫는 말.

"부처와 중생 가운데 누가 손이고 누가 주인인가요?"

선사는 게를 지어 답했다.

자네 머리 허연 줄 몰랐었건만
누가 자넬 늙은 손이라 말하더구만.[12]
부처의 경지를 알고 싶거든
용문(龍門)을 오르는 잉어[13]가 되어야 하리.

선사는 열반에 들기 전에 다음과 같은 게를 남겼다.

봄이 옴을 꽃과 나비 잘도 알지만
꽃과 나비 때가 되면 사라진다네.
꽃과 나비 본래 모두 환(幻)이니
꽃과 나빌 마음에 두지 말게나.

이 날 밤 큰 별이 방장실(方丈室)[14] 동남쪽 모퉁이에 떨어졌다. 다음날 아침 선사는 단정하게 앉은 채 서거했다. 나라에서는 조칙을 내려 3천 호의 세금을 덜어 주어 그것으로 선사의 제사를 받들게 했으며, 선사의 두 아들을 관에 임용해 그 공로를 포상했다.

---

12) 여래(如來)는 주객이 없거늘 분별은 미망(迷妄)이라는 말.
13) 잉어가 황하의 상류에 있는 용문을 오르면 용이 된다는 말이 있음.
14) 절에서 주지가 거처하는 방.

하오뢰

진(陳) 유종(裕宗)[1] 소풍(紹豊)[2] 연간에 마라향(麻羅鄕) 사람 등
사영(鄧士瀛)은 안무사(安撫使)[3]였는데 임금의 분부를 받들어 중국에
사신으로 갔다. 그 처 무씨(武氏)는 집을 지켰다. 그 마을에는 마라신
(麻羅神)을 모신 사당이 있었다. 마라신은 밤마다 사영으로 변신했는
데 그 모습이나 행동거지가 사영과 꼭 같았다. 그리하여 무씨의 방에
들어가 관계를 한 다음 새벽이 되면 돌아갔는데, 어디로 가는지는 알
수 없었다. 후에 무씨가 물었다.

"당신은 임금님의 분부를 받들어 중국에 사신으로 떠나셨거늘 어찌하
여 밤이면 왔다가 날이 새면 보이지 않는 거죠?"

마라신은 이렇게 무씨를 속였다.

"임금님께서는 이미 다른 사람을 중국에 사신으로 보내셨으며, 나하

---

1) 재위 기간 1341~1369년.
2) 유종(裕宗)의 연호. 1341년부터 17년간 사용되었음.
3) 민정(民政)과 군직(軍職)을 겸하여 맡은 관직 이름.

고는 바둑을 두자며 밖에 나가지 못하게 하셨소. 하지만 나는 당신이 그리워 밤에 몰래 와 정을 나눈 다음 새벽에 급히 조정으로 돌아가는 거라오. 그래서 오래 머물지 못한다오."

마라신은 닭이 울자 돌아갔다. 무씨는 의심하는 마음이 사라지지 않았다.

1년 후 사영이 중국에서 돌아왔다. 무씨는 아이를 가져 이미 출산일이 가까웠다. 사영은 나라에 글을 올려 무씨의 음행(淫行)을 고발하여 무씨를 하옥시켰다. 그 날 밤 임금의 꿈에 한 신인(神人)이 나타나 이렇게 말했다.

"나는 마라신이오. 나의 처 무씨가 임신했는데 사영이 옥에 가두었소."

임금은 놀라 꿈에서 깼다. 이튿날 임금은 옥리(獄吏)에게 분부해 무씨를 데려오게 하여 어찌 된 일인지 물었다. 무씨의 말을 듣고 나서 임금은 즉시 이렇게 판결했다.

"무씨는 사영에게 돌려주고, 그 아들은 마라신에게 돌려주라!"

3일 후 무씨는 검은 태(胎)를 하나 낳았다. 태를 여니 그 속에 사내아이가 있었는데 피부색이 먹처럼 검었다. 열세 살이 되어서야 비로소 성명을 붙여 주었는데, 신령은 성이 없으므로 '하'(何)[4]를 성씨로 삼고 이름은 오뢰(烏雷)라고 했다. 오뢰의 피부는 비록 새까맣긴 하지만 반지르르 윤이 났다. 열다섯 살이 되자 임금이 오뢰를 궁궐로 불렀다. 임금은 오뢰를 몹시 총애하여 빈객(賓客)으로 삼았다.

어느 날 오뢰는 밖에서 노닐다가 우연히 여동빈(呂洞賓)[5]을 만났다.

---

4) '누군가'라는 뜻.
5) 중국 당나라 때 사람으로 신선술을 배웠으며, 호를 순양자(純陽子)라 함. 세상에서

동빈이 물었다.

"풍신 좋은 젊은이! 뭘 하고 싶은가?"

오뢰가 대답했다.

"지금 천하가 태평하고 나라에 일이 없거늘 부귀는 뜬구름과 같습니다. 다만 아름다운 음악과 여자를 얻어 귀와 눈을 즐겁게 했으면 합니다."

동빈이 웃으며 말했다.

"자네한테 음악과 여자는 득실(得失)이 반반이지만, 이름만큼은 세상에 남겠구먼."

동빈은 오뢰로 하여금 입을 벌려 보라고 했다. 오뢰는 시키는 대로 입을 벌렸다. 동빈은 오뢰의 입에 침을 탁 뱉더니 삼키라고 했다. 그리고는 하늘로 날아올라가 버렸다.

이 일이 있은 후 오뢰는 비록 글을 모름에도 불구하고 명민함과 말재간이 보통 사람을 능가해 시를 읊조리고 노래를 부르면 그 낭랑한 목소리가 대들보를 휘감고 하늘의 구름을 멈추게 할 정도여서 사람들이 저마다 듣고 즐거워했다. 더구나 부인과 여자들에게 아주 인기가 있어 다들 그 얼굴을 못 봐 안달이었다. 이에 임금은 조정에 이런 분부를 내렸다.

"만일 오뢰가 부녀와 통정하는 걸 적발해 내 앞으로 데려오면 일천 꿰미의 돈을 물어주겠노라. 그러나 만일 사사로이 오뢰를 살상한다면 거꾸로 일만 꿰미의 돈을 받겠노라."

임금은 자주 오뢰를 좇아 놀았다. 그때 인목향(仁睦鄕)에 사는 임금의 친척인 아금(婀金) 공주는 나이가 스물셋이었는데 남편이 일찍 죽

팔선(八仙)의 하나로 침.

어 혼자 살고 있었다. 그녀는 미모가 몹시 빼어났다. 임금은 그녀를 좋아해 정을 통하려 했지만 뜻을 이룰 수 없었으며 이 때문에 늘 한을 품고 있었다. 그래서 임금은 오뢰에게 물었다.

"너라면 무슨 꾀로 공주를 차지하겠느냐?"

오뢰가 대답했다.

"1년만 힘을 쓰면 되겠습니다. 만약 1년 후 신(臣)이 나타나지 않는다면 제 꾀가 실패해 죽은 줄 아십시오."

오뢰는 하직하고 떠났다.

오뢰는 집에 돌아와 옷을 벗어 흙탕물에 담근 뒤 비를 맞혀 누추하게 만들었다. 그런 다음 그 옷을 걸치고서 말 기르는 종으로 행세하며 낫하나, 대 바구니 둘, 빈랑 한 봉지를 갖고 공주의 집을 찾아갔다. 오뢰는 문지기 아이에게 빈랑 한 봉지를 뇌물로 주며 정원에 들어가 풀을 베게 해달라고 사정했다. 문지기 아이는 그러라고 했다. 때는 마침 5, 6월 무렵이라 말리화(茉莉花)[6]가 흐드러지게 피어 있었다. 오뢰는 그걸 모두 싹 베어 대바구니에 담았다. 그때 마침 시비(侍婢)가 정원의 꽃이 다 베어진 걸 보고 소리를 쳐 오뢰를 잡아 결박하게 했다. 그러나 3일을 잡아 두었으나 아무도 찾는 사람이 없었다. 그래서 공주 집 사람들이 물었다.

"너는 뉘 집 종이냐? 왜 주인이 찾아와 돈을 주고 너를 데려가지 않느냐?"

오뢰가 대답했다.

"저는 떠돌이로서 부모도 주인도 없으며, 늘 노래꾼이나 품팔이꾼을

---

6) 여름에 흰 꽃이 피며 짙은 향이 있음. 꽃은 차로 씀.

따라다니며 생활하고 있습니다. 어제 한 관인(官人)이 성 남쪽 문 밖에 말을 매어 두었는데 말이 꼴을 먹지 못해 굶주려 있었습니다. 그 집 하인은 저한테 다섯 푼을 줄 테니 풀을 한 짐 베어 오라고 했습니다. 저는 돈을 준다고 해 좋아라 풀을 베었을 뿐, 말리화가 어떤 건지 통 몰랐으며 그저 풀이려니 생각했습니다. 저로서는 다른 방도가 없으니 이 집 종이 되어 피해를 보상했으면 합니다."

오뢰가 공주의 집에 있은 지 달포쯤 되었을 때다. 공주의 하인들은 오뢰가 굶주리는 것을 보고 그에게 먹을 것을 갖다 주었다. 오뢰는 밤이 되면 늘 노래를 부르며 문지기 아이와 놀았다. 노비들은 물론이려니와 잉첩(媵妾)[7]들까지도 오뢰의 노래를 듣고 모두 즐거워했다.

어느 날 밤이다. 해가 넘어가 이미 어두컴컴해졌건만 하인들은 등불을 켜지 않았다. 공주는 어둠 속에 홀로 앉아 있었으며 좌우에는 아무도 없었다. 공주는 역정을 내며 시비를 불렀다. 그리고 맡은 일을 다하지 않은 잘못을 나무라며 매를 때려 집에서 내쫓아 버리려 했다. 시비들은 모두 머리를 조아리며 잘못을 빌면서 말했다.

"저희들은 새로 들어온 하인의 노래를 듣고 너무 좋아한 나머지 깜박 정신을 놓아 뜻하지 않게 일을 소홀히 하게 되었습니다. 매를 맞고 쫓겨나는 벌을 달게 받겠습니다."

그러자 공주는 불문에 붙이고 벌을 주지 않았다.

무더운 여름날 초저녁이었다. 공주는 뭇 시비들과 한가롭게 뜰에 앉아 달을 바라보고 바람을 맞으면서 풍취를 즐기고 있었다. 그때 오뢰의 노랫소리가 들려왔다. 담 너머 가만히 들어보니 황홀하기가 천상의 음

---

7) 시집갈 때 데리고 가는 여자.

악 같았으며 자못 이 세상 소리가 아니었다. 마음이 스르르 녹으며 서글퍼지는 게 너무도 좋았다. 마침내 공주는 시비를 보내 오뢰를 데려오게 하여 가동(家童)8)으로 삼았으며, 곁에서 심부름을 하게 했다. 오뢰는 시간이 지나면서 공주의 가장 가까운 하인이 되었다. 공주는 늘 오뢰에게 노래를 시켜 자신의 울적한 심회를 풀게 했다. 오뢰는 그럴수록 더욱 부지런히 자기가 맡은 일을 했다. 공주는 오뢰를 더욱 신임하고 총애하게 됐다. 그리하여 그를 시동(侍童)으로 삼아 낮엔 곁에서 시중 들고 밤에는 등촉을 들고 시립(侍立)9)해 있게 했다. 그리고 때때로 노래를 부르게 했으므로 그 노랫소리가 안팎에 들렸다. 공주는 마침내 오뢰를 사랑하게 됐으며 그로 인해 마음 깊숙한 곳에 병이 생겼다.

서너 달 지나자 병은 더욱 악화되었다. 여종과 잉첩들은 공주의 병을 오랫동안 돌보느라 피곤했으므로 밤이 깊어지자 그만 잠에 곯아떨어졌다. 그래서 공주가 불렀지만 아무도 일어나지 않았으며 오직 오뢰 한 사람만이 들어와 곁에 앉아 병환을 살폈다. 공주는 자신의 감정을 억누를 수 없어 이렇게 말했다.

"네가 이곳에 온 후 네 노래 때문에 병이 생겼다."

마침내 공주는 오뢰와 정을 통했다. 그후 병은 차츰 차도가 있었다.

두 사람의 정은 날이 갈수록 깊어졌다. 공주는 오뢰의 비천함을 전연 개의치 않았으며 아무것도 아끼는 게 없었다. 그리하여 오뢰에게 땅을 주어 그 전택(田宅)으로 삼게 하고자 했다. 그러자 오뢰는 이렇게 말했다.

"저는 본래 집도 절도 없던 터에 선녀 같으신 마마를 만났으니 하늘이 내린 복이라 할 것입니다. 저는 땅이나 금은보화 같은 건 바라지 않

---

8) 집안의 아이 종.
9) 귀인이나 웃어른을 모시고 서 있는 일.

으며 마마께서 조정에 드실 때 쓰시는 금과 은으로 장식한 관을 한번 써 보는 게 소원입니다. 그러면 죽어도 원이 없을 듯합니다."

공주의 관은 선왕(先王)이 하사한 것으로 조정에 들어와 하례(賀禮)[10]할 때 쓰라고 준 것이었다. 공주는 오뢰에게 그 관을 주어 버렸으며 조금도 아까워하지 않았다.

오뢰는 관을 손에 넣자 몰래 서울로 돌아가 그 관을 쓴 채 임금을 뵈었다. 임금은 오뢰를 보자 몹시 기뻐했다. 그리고 즉시 공주에게 분부해 조정에 들라고 했다. 공주가 입시(入侍)[11]해서 보니 오뢰가 금은으로 장식한 관을 쓴 채 임금을 모시고 서 있지 않은가. 임금이 공주에게 물었다.

"이전에 오뢰를 알았던가?"

공주는 오뢰를 돌아보며 수치스러워했다. 그때 오뢰는 국어(國語)[12]로 된 시를 읊었다.

종에 몸을 위탁하여서
'천연'(天緣)이란 두 글자를 얻고자 했네.

이후 오뢰의 이름이 천하에 알려졌다. 왕후(王侯) 집안의 여자들은 늘 이 일을 비웃고 기롱했으며, 국어로 이런 시를 지었다.

---

10) 명절 때나 왕실에 좋은 일이 있을 때 축하하는 예식.
11) 대궐에 들어가 임금을 알현하는 것을 일컫는 말.
12) 자남(字喃)을 말함. 우리의 향찰(鄕札)처럼 한자를 이용해 자국어를 적는 차자표기(借字表記)에 해당함.

상설(霜雪)이 비록 가까이 있어도
남 못지않게 고결했는데
노랫소리와 얼굴을 탐해 사랑에 빠졌으니
안타깝기도 하고 우습기도 해라.

여인들은 시를 지어 그 일을 더럽게 여기는 듯했지만 실은 오뢰의 노
래에 반해 그 손아귀를 벗어나지 못했으며 늘 오뢰와 사통했다. 그럼에
도 사람들은 오뢰를 잡아 매를 때리지 못했다. 그렇게 할 경우 임금이
전에 내린 분부 때문에 돈 일만 꿰미를 바쳐야 하기 때문이었다.

그후 오뢰는 명위왕(明威王)의 큰딸과 사통하다 붙잡혔다. 그러나
아직 죽임을 당하지는 않았다. 이튿날 명위왕은 조정에 나아가 임금께
이렇게 아뢰었다.

"간밤에 오뢰가 신(臣)의 집에 침입했거늘 흑백을 분간하기 어려우
나 이미 때려죽이고 말았습니다. 청컨대 돈 일만 꿰미를 바치게 해주십
시오."

임금은 오뢰가 아직 살아 있음을 알지 못하고 즉각 이렇게 말했다.

"그 자리에서 때려죽였다니 그럴 것 없소."

당시 휘자황후(徽慈皇后)가 곧 명위왕의 손위누이였으므로 임금이
개의치 않았던 것이다. 명위왕은 집으로 돌아와 오뢰에게 곤장을 쳤는
데 그래도 죽지 않자 절구에 찧어 죽였다. 오뢰는 죽으면서 국어로 된
시를 남겼다.

생사는 하늘의 뜻이니 신경쓸 것 없네
남아는 호기로운 뜻을 이루면 그만.

음악과 여색으로 죽게 되면 죽을 만하지
뭇사람처럼 죽는 건 의미가 없네.

또 이런 말도 남겼다.
"옛날에 여동빈이 나에게 말하기를, '자네한테 음악과 여자는 득실
(得失)이 반반'이라고 하더니 과연 그 말이 맞구나!"

야차왕

옛날 상고시대 때 남월의 구락국 영토 밖에 묘엄국(妙嚴國)이라는 나라가 있었는데 그 임금은 야차왕(夜叉王)이라 불렸다.[1] 그 나라는 북쪽으로 호손정국(狐猻精國)과 접해 있었다. 호손정국의 임금은 '십차왕'(十車王)이고 태자는 '미자'(微姿)였다. 미자의 처는 '백정후랑'(白淨后娘)인데 세상에 다시없는 미인이었다. 야차왕이 소문을 듣고 그녀를 좋아하게 되었다. 그는 마침내 무리를 이끌고 와 호손정국을 포위하여 공격했으며, 백정후랑을 잡아갔다. 이에 분노한 미자는 원숭이 무리를 이끌어 산을 뽑고 바다를 메워 모두 평지로 만든 다음 묘엄국을 공격해 야차왕을 죽였으며 도로 백정후랑을 데리고 돌아갔다. 대개 호손정국은 원숭이 정령의 나라로서 지금의 점성국(占城國)이 그것이다.

---

[1] 원주(原註)에 "장명왕(長明王)이라고도 하고 십두왕(十頭王)이라고도 한다"라고 했음.

부 록

．．．．．

『영남척괴열전』序

『영남척괴열전』 序[1)

교부(喬富)[2)

아아, 사리에 맞는 이야기라면 경전과 역사책에 실려 후세에 전해짐으로써 세상 사람들에게 교훈을 주게 마련이다. 반면 황당한 내용의 이야기는 소설책에 실려 특이한 사실에 대한 견문을 넓혀 준다. 그러므로 우(虞)[3)·하(夏)·상(商)·주(周)의 이야기는 『서경』(書經)에 실렸고 한(漢)·당(唐)·송(宋)·원(元)의 이야기는 역사책에 실렸지만, 다섯 늙은이가 물가에서 노닐었다는 이야기[4)라든가, 용이 꼬리를 치자 땅이

1) 무경이 『영남척괴열전』을 편정(編定)한 지 1년 뒤 교부라는 사람이 다시 『영남척괴열전』을 고치는 작업을 한 다음 서문을 붙였는데, 이 글은 바로 그 서문이다. 무경의 작업은 『영남척괴열전』의 잘못된 글자를 바로잡는 데 중점을 두었고 이 점에서 상당히 신중한 것이었다면, 교부의 작업은 『영남척괴열전』의 일부 내용을 바꾸고 문장을 고치는 등 상당히 적극적인 것이었다고 보인다.

2) 1446~?. 자는 호례(好禮), 호는 영산(寧山)이며, 국위부(國威府) 납하촌(臘下村) 사람임.

3) 순(舜) 임금이 다스린 나라를 가리킨다.

4) 요(堯) 임금이 순(舜)을 데리고 수산(首山)에서 노닐 때 웬 다섯 늙은이가 물가에 있

갈라졌다는 이야기,5) 양보(壤父)가 길에서 놀이하다 노래를 불렀다는 이야기,6) 참새가 붉은 글을 입에 물고 날아갔다는 이야기7) 등은 모두 소설책에 수록되어 경전과 역사책에 빠진 내용을 보충하고 있다. 또한 『한무제 내전』(漢武帝內傳)8)이나 당(唐) 현종(玄宗) 때의 유사(遺事), 송(宋)나라 때 조야(朝野)에서 나온 각종 잡기들은 저마다 한 시대의 기괴한 일들을 기록하여 보기 쉽게 해놓지 않았던가.

우리 베트남은 12사군(使君)9) 이전에는 문헌이 그리 많지 않았다. 그러나 국가의 사적은 속수(涑水)10)의 『자치통감』(資治通鑑)과 역대 역사책 속에서 살필 수 있다. 한편 산천과 인물의 기이함은 비록 역사

는 것을 발견했는데 얼마 후 강에서 붉은 용이 입에 하도(河圖)를 물고 나왔다. 다섯 늙은이는 "순(舜)은 우리가 누군지 알 것이다"라고 말한 뒤 유성이 되어 하늘로 날아올라가 묘성(昴星)이 되었다. 이를 보고 요 임금은 순에게 제위(帝位)를 물려주었다. 이 이야기는 『논어비고참』(論語比考讖)에 보인다.

5) 우(禹)가 치수 사업을 할 때 황룡이 나타나 꼬리로 땅을 쳐서 땅이 갈라지게 하여 범람한 물이 그 쪽으로 흐르게 했다고 한다. 이 이야기는 『습유기』(拾遺記)에 보인다.

6) 양보는 요 임금 때 사람이다. 당시 천하가 태평하여 백성에게 일이 없었다. 양보는 나이가 여든이 넘었는데 길에서 놀이를 하고 있었다. 이를 보고 사람들은 "위대하구나! 요 임금의 덕은"이라고 말했다. 양보는 말하기를, "나는 해가 뜨면 일어나고 해가 지면 휴식하며, 샘을 파서 그 물을 먹고 농사를 지어 살아가거늘, 임금이 나와 무슨 상관이 있단 말이오?"라고 했다. 이 이야기는 『고사전』(高士傳)에 보인다.

7) 『상서제명개』(尙書帝命騎)에 "9월 갑자(甲子)에 붉은 참새가 붉은 글을 입에 물고 풍(酆) 땅에 가서 창(昌 : 문왕의 이름)의 지게문에 앉았다"는 말이 보인다.

8) 한나라 무제가 서왕모(西王母)를 만나 신선불로술(神仙不老術)을 전수받았다는 내용의 이야기책.

9) 963년 오조(吳朝)의 마지막 왕인 오창문(吳昌文)이 전사한 후 각지에 할거한 12명의 군웅을 일컫는 말. 몇 년 후 정부령(丁部領)이 베트남을 통일함으로써 12사군 시대는 끝나고 진정한 의미에서 베트남 최초의 독립 왕조인 정조(丁朝)가 들어섬.

10) 송나라 사마광(司馬光)의 호.

책에는 보이지 않지만 입으로 전해져 와 후세의 박학한 선비가 이를 채록하고 엮어 『영남척괴열전』에 보이는 여러 편의 이야기를 만들었으니, 버려진 이야기들을 수습함으로써 역사책에 누락된 사실을 보완했다 할 만하다. 이들 괴이한 이야기에는 중요한 내용이 담겨 있다.

아아, 하늘이 제비를 세상에 내려보내 상왕(商王)을 태어나게 하매[11] 백 개의 알에서 나온 자식들이 남국(南國)을 분할해 다스렸다. 이 점에서 「태곳적」은 없어서는 안될 글이다.

닭 대가리가 되느니 소 꼬리가 되는 게 낫다. 조타의 자손들이 중국에 반항한 것은 바로 이 때문이다. 이 점에서 「남조」는 읽지 않을 수 없다.

강물이 구불구불 흘러 깊어져서 신령한 용이 깃드니 「소력」은 서울의 풍광에 아름다움을 더하지 않는가. 전쟁에 이긴 후 신령한 쇠뇌를 깊숙이 감추지 않았으니 「금빛 거북」은 안양왕이 위태로움을 잊은 데 대해 일침을 가하고 있지 않은가.

백성을 위해 해악을 제거했으니 이 점을 「물고기의 정령」, 「여우의 정령」, 「나무의 정령」에서 밝게 기록할 만하다.

신하로서의 도리를 다했으니 이 점을 「찐 떡」, 「용안과 여월의 두 신령」, 「흰 꿩」에서 자세히 서술할 만하다.

동천왕과 이옹중은 외적을 소탕해 나라를 보존했거늘 위엄이 높고 명성이 혁혁하다.

수박과 빈랑은 백성을 위해 재물을 낳으니 칭송할 만하다.

「하룻밤 새 생긴 못」과 「월정」은 착한 일을 행하면 좋은 보답이 따른다는 이야기를 통해 세상 사람들에게 선을 권하고자 했다.

---

11) 유융씨(有娀氏)의 딸 간적(簡狄)이 제비 알을 먹고 설(契)을 낳았는데, 설은 순 임금 때 상(商)에 봉해졌다. 그후 설의 후손인 탕(湯)이 상(商)나라를 세웠다.

「하오뢰」와 「야차왕」은 음란한 행실 때문에 몸을 망치거나 나라를 잃었다는 이야기를 통해 사람들로 하여금 음란함을 경계하게 하고자 했다.

산원산 신령은 재앙을 막는 데 공이 있고, 만랑은 비를 내리는 데 효험이 있으며, 도행 선사는 부친의 원수를 갚았고, 명공 선사는 임금의 병을 고쳤으며, 공로 선사와 각해 선사는 술법이 있어 용으로 하여금 머리를 숙이게 하거나 도마뱀을 나무에서 떨어지게 할 수 있었다. 이들은 모두 신이한 도술을 보여주었다.

이 책의 이야기들은 예사롭지 않은 일들을 말하고 있지만 그 자취는 아직도 남아 있다. 그러니 만일 우리가 지금 이야기 속의 인물들을 선양한다면 어찌 지금도 다시금 일어날 일들이 아니겠는가. 그렇기는 하나 산원산 신령이 구희의 자식이라고 한 것, 동천왕을 용군이 세상에 현신(現身)한 것이라고 한 것, 이응중이 설사병으로 죽었다고 중국에 거짓말을 했다는 것 등등은 내가 보기에는 타당치 않다고 생각된다. 옛 기록에 전해오기를, 이윤(伊尹)은 요리를 하여 탕왕(湯王)에게 등용되기를 구했으며[12] 백리해(百里奚)는 다섯 마리 양의 가죽을 받고 팔려가 목공(穆公)에게 등용되기를 구했다고 하는데,[13] 만일 이 일을 맹자(孟子)가 힘주어 반박하지 않았다면[14] 이 두 사람은 필시 오명을 뒤집

---

12) 이윤은 탕 임금에게 벼슬을 얻고자 했으나 방법이 없었다. 이에 유신씨(有莘氏 : 나라 이름)의 잉신(媵臣 : 시집오는 부인을 따라온 신하)이 된 다음 솥과 도마를 등에 지고 탕왕을 찾아가 맛있는 음식으로 탕왕에게 유세하여 벼슬을 얻었다는 이야기가 있음.

13) 백리해는 원래 우(虞)나라의 신하인데 스스로 진(秦)나라의 희생(犧牲)을 기르는 자에게 다섯 마리 양의 가죽을 받고 팔려가 소 먹이는 일을 하며 진나라 목공에게 등용되기를 구했다는 이야기가 있음.

14) 맹자는 이 일이 사실이 아니며 꾸며낸 말이라고 했다. 『맹자』「만장」(萬章) 상(上)에 보인다.

어쌨을 것이다. 하물며 산원산 신령은 아득한 신령이고, 동천왕은 하늘이 내린 장수이며, 이옹중은 한 시대의 호걸이거늘 어찌 이야기에서 말한 대로이겠는가?

이 때문에 나는 다른 책을 두루 참고하고 내 견해를 첨부하여 글을 개정(改正)했으며 이전 글의 잘못됨을 밝혀 뒷사람의 조롱을 면하고자 했다. 그리고 번잡한 것을 깎아 버려 간명한 글이 되게 함으로써 읽기에 편하게 했다. 아무쪼록 학식이 높은 여러 군자들은 나의 무모함을 용서하기 바란다.

홍덕 24년15) 계축년 7월에 을미과(乙未科)16) 진사 교부(喬富) 호례(好禮)가 삼가 쓰다.

---

15) 1493년에 해당함.
16) 홍덕 6년(1457) 을미년에 치러진 진사 시험을 가리킴.

『嶺南摭怪列傳』原文

일러두기

1. 여기 실은 원문은 臺灣의 陳義 교수가 校點한 『嶺南摭怪列傳』(『越南漢文小說 叢刊』第二輯 第一册, 陳慶浩·鄭阿財·陳義 主編, 臺北 : 學生書局, 1992 所收) 을 底本으로 삼아 이를 異本들과 對校해 校勘한 校合本이다.
2. 陳義 교수의 校點本은 베트남 史學院에 소장되어 있는 도서번호 HV486 『嶺 南摭怪列傳』을 저본으로 삼았다. 본 校合本의 校勘註에서 사용하고 있는 '원 본'이라는 말은 바로 이 베트남 史學院 소장본을 가리킨다.
3. 본 校合本은 標點上 陳義 교수의 校點本과 적지 않은 차이가 있지만 이 점을 따로 밝히지는 않았다.
4. 원문에서 괄호 속의 글은 原註에 해당한다. 이 原註는 후대에 누군가가 붙였 을 것으로 본다.
5. 부록으로 첨부한 喬富의 서문은 『嶺南摭怪等史料三種』(戴可來·楊保筠 校注, 鄭州 : 中州古籍出版社, 1991)에 실려 있는 자료를 底本으로 삼아 校勘한 것이 다. 이 자료는 원래 戴可來 교수가 越譯本 『嶺南摭怪列傳』에서 번역한 글이다.
6. 校勘註에서 異本의 종류를 일일이 밝히지 않았다.

原文 目次

序

　桂海雖在嶺外, 然山川之奇, 土地之靈, 人之豪傑, 物之英異, 往往容或有之. 自春秋、戰國以來, 去古未遠, 南俗猶尙簡略, 未有史册以記其實, 故古事率多遺亡. 其幸存而不泯者, 特民間之口傳耳. 逮兩漢、東西晉、南北朝, 曁唐、宋、元, 始有史傳以載其事, 如『嶺南志1)』、『交廣志2)』、『安南志3)略』、『交趾志4)略』等書,5) 歷歷可考. 然我越乃古要荒之地, 故記載又略之也.

　我越有國, 始於雄王, 而文明之漸, 則濫觴於趙、吳、丁、黎、李、陳, 迄于今則尾6)閭矣. 故國史之載, 特加詳焉, 則斯錄列傳之作, 其傳中之史歟? 不知作於何代, 成於何人, 意其草創於李、陳之鴻生碩儒, 而潤色於今日好古博雅之君子矣.

---

1) 志 : 저본에는 "誌"로 되어 있으나 이본을 따른다.
2) 志 : 저본에는 "誌"로 되어 있으나 이본을 따른다.
3) 志 : 저본에는 "誌"로 되어 있으나 이본을 따른다.
4) 志 : 저본에는 "誌"로 되어 있다.
5) 書 : 저본에는 "事"로 되어 있으나 바로잡는다.
6) 尾 : 저본에는 "屋"으로 되어 있으나 바로잡는다.

愚請究其始末, 逐一陳之, 而推明作者之意. 如「鴻厖氏傳」, 是詳言我越開創之由;「夜叉王傳」, 是略敍占城前兆之漸; 白雉有傳, 誌越裳也; 金龜有傳, 史安陽也; 南俗聘禮所重, 莫檳榔若也. 表而出之, 則夫婦之義、兄弟之睦, 於是乎彰矣; 南物夏時所貴者, 莫西瓜若也. 揚而言之, 則恃有己物, 不顧主恩, 於是乎著矣; 蒸餅之傳, 嘉孝養也; 烏雷之傳, 戒淫行也; 董天王之破殷賊、李翁仲之滅匈奴, 南國有人可知也; 褚童子之邂逅仙容、崔偉之遭逢仙偶, 爲善陰騭可見也; 道行、孔路等傳, 獎其能復父仇, 而禪僧之輩, 烏可泯也;「魚精」、「狐精」等傳, 稱其能除妖怪, 而龍君之德不可忘也; 二張忠義, 死爲土神, 旌而表之, 誰云不可; 傘圓英靈, 能排水族, 顯而彰之, 孰曰不然; 與夫南詔爲趙武之後, 而國亡能爲復讐; 蠻娘爲木佛之母, 而歲旱能作霖雨; 蘇瀝爲龍肚之神, 猖狂爲旃檀之精, 一則立廟以祭之而民受其福, 一則用術以除之而民免其禍, 則事雖怪而不至於誕, 文[7]雖異而不至於妖.

其說雖涉於荒唐不經, 而踪跡猶可據, 無非勸善懲惡、去僞就眞以激勵風俗而已. 其視晉人『搜神記』、唐人『幽[8]怪錄』, 同一致也. 嗚呼! 嶺南奇事之多, 列傳之作, 不待刻之石、編之梓, 而著于民心、碑于人口, 黃童白叟, 率能稱道, 而愛慕之、懲艾之, 則其事係於綱常、關[9]於風化, 夫豈小補[10]云!

洪德壬子春, 愚始得是傳, 披而閱之, 不能無魯魚陰陶之舛. 於是忘其固陋, 校而正之, 釐[11]爲二卷, 目曰'嶺南摭怪列傳', 藏之于家, 以備觀

---

7) 文 : 저본에는 "人"으로 되어 있으나 바로잡는다.

8) 幽 : 저본에는 "地"로 되어 있으나 바로잡는다.

9) 關 : 저본에는 "開"로 되어 있으나 바로잡는다.

10) 補 : 저본에는 없앴으나 원본을 따른다.

11) 釐 : 저본에는 속자인 "厘"로 되어 있다.

覽. 若夫訂正而潤色之, 俾其事備, 其文老, 其詞精, 其旨遠, 後來好古君子, 豈無其人歟![12) 是爲序.

時洪德二十三年仲秋節, 賜戊戌科進士 茂林郞 京北道監察御史 洪州 澤塢伯[13) 武瓊 晏溫謹識.

---

12) 歟: 저본에는 없으나 이본에 의거해 보충한다.
13) 伯: 저본에는 없으나 이본에 의거해 보충한다.

卷之一

鴻厖氏傳

炎帝 神農氏三世孫帝明生帝宜. 旣而南巡至五嶺, 接得婆仙之[1]女悅之, 納而歸; 生祿續, 容貌端正, 聰明夙成. 帝明奇之, 使嗣帝位. 祿續固辭,[2] 讓其兄帝宜, 不敢奉命. 於是帝明立帝宜爲嗣以治北地, 封祿續爲涇陽王以治南方, 號其國爲赤鬼國. 涇陽王能入水府, 娶洞庭君女曰龍女, 生崇纜,[3] 是爲貉龍君, 代父以治國. 涇陽王不知所終.

龍君敎民耕種衣食, 始有君臣尊卑之序, 父子夫婦之倫. 或時歸水府,[4] 而百姓晏然無事.[5] 民或有事, 則呼貉龍君曰: "逋乎何在![6] 不來以救我

---

1) 之: 저본에는 없으나 이본에 의거해 보충한다.
2) 辭: 저본에는 없으나 이본에 의거해 보충한다.
3) 纜: 저본에는 "攬"으로 되어 있으나 이본을 따른다.
4) 府: 저본에는 "國"으로 되어 있으나 이본을 따른다.
5) 無事: 저본에는 없으나 이본에 의거해 보충한다.
6) 何在: 저본에는 없으나 이본에 의거해 보충한다.

輩(南人呼父曰逋;7) 呼君曰𧥾8))！”龍君卽來，其威靈感應，人莫能測.

　帝宜傳帝來，以北方無事，因思及祖帝明南巡接得仙女之事，乃命親臣蚩尤代守國事，而南巡赤鬼國. 見龍君已9)歸水府，國內無主，帝來乃留愛女嫗姬與部衆侍婢居于行在，而周流天下，遍觀形勢，見奇花怪草，珍禽異獸，犀象玳瑁，金銀椒桂，石乳沉檀.10) 山殽海錯，無物不有. 又四時氣候不寒不熱，心愛慕之，樂11)而忘返. 南國人民苦此生12)煩擾，不得安帖如初，日夜望龍君之歸，乃相率揚聲呼曰：“逋在何方！當速來救我!”龍君倏然而歸，見嫗姬獨居，容貌絶美. 龍君悅之，乃化作一好兒郎，豊姿秀麗，左右前後侍從衆多，歌吹之聲達于行在. 嫗姬見而悅之,13) 龍君迎歸于龍岱14)岩. 及帝來還，不見嫗姬，命群臣徧尋天下. 龍君有神術，變現百端：妖精鬼魅、龍蛇虎象. 尋者畏懼，不敢搜索. 帝來乃15)北還.

　再傳至帝楡罔，蚩尤作亂，黃帝率諸侯兵戰不克. 蚩尤獸形人語，勇猛有威. 或敎黃帝以獸皮鼓爲令戰之，蚩尤乃驚，敗于涿鹿. 帝楡罔與黃帝戰于阪泉，三戰而敗. 囚于洛邑，死之.16) 神農氏遂亡.

---

7) 南人呼父曰逋：저본에는 “越人呼父曰吒曰布”라 고쳤으나 원본을 따른다.

8) 𧥾：저본에는 이 뒤에 “是也”를 첨가했으나 원본을 따른다.

9) 已：저본에는 “以”로 되어 있으나 이본을 따른다.

10) 金銀椒桂, 石乳沉檀：저본에는 “金銀珠玉, 椒桂乳香, 沉檀等味”로 되어 있으나 이본을 따른다.

11) 樂：저본에는 없으나 이본에 의거해 보충한다.

12) 此生：저본에는 “於”라 고쳤으나 원본을 따른다.

13) 見而悅之：저본에는 “見之, 心亦悅從”으로 되어 있으나 이본을 따른다.

14) 岱：저본에는 “裝”으로 되어 있으나 이본을 따른다.

15) 乃：저본에는 “亦”으로 되어 있으나 이본을 따른다.

16) 蚩尤作亂~死之：저본에는 “與黃帝戰於版泉, 不克而死”로 되어 있으나 이본들을 교

龍君與嫗姬相處，期[17]年而生[18]一胞，以爲不祥，棄諸原野．過七日，胞中開出百卵，一卵一男，歸而養之，不勞乳哺，各自長成．[19] 秀麗奇異，[20] 智勇俱全，人皆畏服，謂其[21]非常之兄弟．龍君久居水府，乃忘其有子，衆子亦不知有父，母子獨居，故[22]思歸北國．行至境上，黃帝聞之懼，分兵禦塞外，母子不得北歸，回南國，[23] 日夜呼龍君曰："逈在何處！使吾母子悲傷！"龍君忽然而來，遇於襄野．嫗姬泣曰："妾本北人，與君相處，生得百男，無由鞠育，請與君從，勿[24]相遐棄，使爲無夫無父之人，徒自傷耳．"龍君曰："我是龍種，水族之長，你是仙種，[25] 地上之人，本不相屬．雖陰陽之氣，合而有子，然方類不同，水火相剋，難以久居．今爲分別，吾將五十男歸水府，分治各處，五十男從汝居地上，分國而治，登山入水，有事相聞，[26] 無得相廢．"百男各自聽[27]受，然後辭去．

嫗姬與五十男居于峯州[28](今白鶴縣是也)，自推尊其雄長者爲主，號曰雄王，國號文郎國．其國東夾南海，西抵巴蜀，北至洞庭，南至狐孫國(今占城[29]國是也)．分國中爲十五部，曰交趾、朱鳶、陸海、[30] 福祿、越裳、寧

합했다.

17) 期：저본에는 "其"로 되어 있으나 바로잡는다.

18) 生：저본에는 이 뒤에 "得"이 더 있으나 이본에는 없는바 이를 따른다.

19) 成：저본에는 "犬"로 되어 있으나 이본을 따른다.

20) 秀麗奇異：저본에는 없으나 이본에 의거해 보충한다.

21) 其：저본에는 "爲"로 되어 있으나 이본을 따른다.

22) 乃忘其有子～故：저본에는 "母子獨居"로 되어 있으나 이본에 의거해 보충한다.

23) 回南國：저본에는 없으나 이본에 의거해 보충한다.

24) 勿：저본에는 "忽"로 되어 있으나 이본을 따른다.

25) 種：저본에는 "屬"으로 되어 있으나 이본을 따른다.

26) 聞：저본에는 "關"으로 되어 있으나 이본을 따른다.

27) 聽：저본에는 "聲"으로 되어 있으나 이본을 따른다.

28) 州：저본에는 "脅"으로 되어 있으나 이본을 따른다.

海(今南寧是也)、陽泉、桂陽、武寧、懷[31]驩、九眞、日南、眞定、桂林、象郡等部, 命其群弟分治之. 置其次爲將相. 相曰貉侯, 將曰貉將, 王子曰官郎, 女曰媚娘, 有司[32]曰蒲正, 臣僕奴隷曰印,[33] 婢隷曰稍[34]稱, 臣曰瑰, 世世以父傳子曰逋導,[35] 世世[36]相傳皆號雄王, 而不易.

時山麓之民漁[37]于水, 往往爲蛟龍[38]所傷, 白於王. 王曰: "山蠻之種, 與水族殊, 彼好同惡異,[39] 故爲侵害." 乃令人以墨刺身, 爲龍君之形、[40]水怪之狀, 自是蛟[41]龍無咬傷之患. 百粵文身之俗, 實始于此.

國初民用未足, 以木皮爲衣, 織菅[42]草爲席, 以米渟爲酒, 以桄[43]榔梂欄[44]爲饌, 以禽獸魚蝦爲鹹, 以薑根爲鹽. 刀耕火種, 地多糯米, 以竹筒炊之. 架木爲屋, 以避虎狼之害. 剪短其髮, 以便入山[45]林. 子初生也,

---

29) 城 : 저본에는 "成"으로 되어 있으나 바로잡는다.

30) 陸海 : 저본에는 "寧山"으로 되어 있으나 이본들을 교합했다.

31) 懷 : 저본에는 "伊"로 되어 있으나 이본을 따른다.

32) 有司 : 저본에는 "司馬"로 되어 있으나 이본을 따른다.

33) 臣僕奴隷曰印 : 저본에는 "奴僕曰鄒"라 고쳤으나 원본에는 "臣僚僕隷曰印"으로 되어 있다. 이본을 따른다.

34) 稍 : 저본에는 "精"으로 고쳤으나 원본을 따른다.

35) 逋導 : 저본에는 "父道"로 되어 있으나 이본을 따른다.

36) 世 : 저본에는 "主"로 되어 있으나 바로잡는다.

37) 漁 : 저본에는 "浣"로 되어 있으나 이본을 따른다.

38) 龍 : 저본에는 "蛇"로 되어 있으나 이본을 따른다.

39) 異 : 저본에는 "易"로 되어 있으나 바로잡는다.

40) 龍君之形 : 저본에는 없으나 이본에 의거해 보충한다.

41) 蛟 : 저본에는 "蛇"로 되어 있으나 이본을 따른다.

42) 菅 : 저본에는 "管"으로 되어 있으나 바로잡는다.

43) 桄 : 저본에는 "恍"로 되어 있으나 바로잡는다.

44) 梂欄 : 저본에는 "㦗欗"으로 되어 있으나 바로잡는다.

45) 山 : 저본에는 없으나 이본에 의거해 보충한다.

以蕉葉臥之. 人之死也, 以杵46)舂, 今鄰人聞之, 得來相救. 男女嫁娶,
先以鹽封爲問禮, 然後殺牛羊以成禮. 以糯飯入房中, 相食畢, 然後交
通, 以此時未有檳榔故也. 蓋百男乃<u>百粤</u>之始祖也.

魚精傳

東海之間, 有魚精,47) 長48)五十餘丈, 多足, 如蜈蚣形, 變化萬49)端,
靈異莫測. 其行則動風雨, 能噉食人, 人甚畏之.

上古時有魚, 貌似人形, 游50)於東海岸, 化成人, 通言語, 漸漸生長,
男女衆多, 以魚蝦蚌蛤51)爲52)食. 又有<u>蛋</u>53)<u>人</u>, 生居海島, 以捕魚爲業,
後亦成人, 與蠻人54)交易鹽米、衣裳、刀斧之物, 常往來東海間.

有魚精岩, 石齒齫齬, 橫截海濱, 下有巨穴, 魚精居之. 風濤險惡, 無
路可通, 欲開別途, 頑石難鑿, 民船過者, 多被其害.55) 曾夜有仙人, 鑿
石爲港, 欲利行人. 其港將通, 魚精化爲白鷄, 鳴於山上, 群仙聞之, 疑

---

46) 以杵 : 저본에는 "相"으로 되어 있으나 이본을 따른다.

47) 精 : 저본에는 "蛇之精焉"으로 되어 있으나 이본을 따른다.

48) 長 : 저본에는 이 앞에 "身"을 첨가했으나 원본을 따른다.

49) 萬 : 저본에는 "百"으로 되어 있으나 이본을 따른다.

50) 游 : 저본에는 "遊"로 되어 있으나 이본을 따른다.

51) 蚌蛤 : 저본에는 "蛤蚧"로 되어 있으나 이본을 따른다.

52) 爲 : 저본에는 "而"로 되어 있으나 이본을 따른다.

53) 蛋 : 저본에는 "蠻"으로 되어 있으나 이본을 따른다.

54) 人 : 저본에는 없으나 이본에 의거해 보충한다.

55) 風濤險惡～多被其害 : 저본에는 "民船過者, 多被其害, 風濤險惡, 無路可通, 欲開別
途, 頑石難鑿"으로 되어 있으나 이본을 따른다.

其曙, 皆飛升, 今呼爲仙陶港.[56] 龍君憫民被害, 乃化作民[57]船, 令水府
夜叉禁海神不作風濤, 撐棹至魚精岩,[58] 佯持一人, 如將[59]投與食之
狀,[60] 魚精開口欲啗, 乃以鐵塊通紅炎熱, 投之口中. 魚精踊躍, 翻[61]打
其船. 龍君斬其尾, 剝皮鋪[62]於山上, 今呼曰白龍尾.[63] 其首流出海外,
化狗走去.[64] 龍君以石塞海斬之, 遂化爲狗頭, 今呼爲狗頭山.[65] 其身流
入曼求, 故今呼曰曼求水.[66]

狐精傳

昇龍之城昔號龍編之地, 上古無人居焉. 至李太祖泛舟珥河津, 有雙龍
引路, 因名昇龍, 而都之, 卽今之京城也.

---

56) 今呼爲仙陶港 : 저본에는 이 부분이 주(註)로 되어 있으나 이본에는 본문으로 되어
　　있는바 이를 따른다. 또 저본에는 "仙陶港"이 "佛淘涇"으로 되어 있으나 이본을 따른다.

57) 民 : 저본에는 "大"로 되어 있으나 이본을 따른다.

58) 岩 : 저본에는 이 뒤에 "谷"이 더 있으나 이본에는 없는바 이를 따른다.

59) 如將 : 저본에는 "相"으로 되어 있으나 이본을 따른다.

60) 之狀 : 저본에는 없으나 이본에 의거해 보충한다.

61) 翻 : 저본에는 "跳"로 되어 있으나 이본을 따른다.

62) 鋪 : 저본에는 "脯"로 되어 있으나 이본을 따른다.

63) 今呼曰白龍尾 : 저본에는 주(註)로 되어 있으나 이본에는 본문으로 되어 있는바 이를
　　따른다.

64) 化狗走去 : 저본에는 "化走狗去"로 되어 있으나 이본을 따른다.

65) 今呼爲狗頭山 : 저본에는 주(註)로 되어 있으나 이본에는 본문으로 되어 있는바 이를
　　따른다.

66) 故今呼曰曼求水 : 저본에는 이 부분이 "今猶呼爲狗曼求是也"라는 주(註)로 되어 있
　　으나 이본에 따른다.

初, 其地之西, 有小石山, 東枕蘇瀝江,[67] 山下之穴, 有白[68]狐九尾, 壽千餘年, 能作妖怪, 變化萬狀, 或[69]爲人爲鬼, 徧行人間. 時傘圓山下, 蠻人架木結草爲屋, 而居焉.[70] 山上有神, 蠻人奉之. 神者敎蠻人以耕織, 造白色衣衣之, 因呼曰白衣蠻. 九尾狐化作白衣人, 入蠻衆中, 與蠻人歌唱, 誘取蠻人男女, 歸藏于小石山[71]穴, 蠻人苦之. 龍君遂遣水府之部衆,[72] 引水而上, 攻破小石山. 九尾狐走之, 水府部逐之, 獲狐啗之. 其破處成深淵, 今呼爲狐尸潭[73](今西湖也). 遂立寺觀以鎭壓之(今金牛寺是也[74]). 潭邊之西岸, 原野平夷, 耕作田地, 俗呼爲狐洞,[75] 高壤之處, 民屋而居,[76] 俗呼爲狐村, 其穴今猶呼爲魯狐潭焉.

木精傳

崟州之地, 上古有一大樹, 名曰旃檀, 高千餘仞,[77] 枝葉蔽芾, 不知幾

---

67) 東枕蘇瀝江 : 저본에는 없으나 이본에 의거해 보충한다.

68) 白 : 저본에는 없으나 이본에 의거해 보충한다.

69) 或 : 저본에는 없으나 이본에 의거해 보충한다.

70) 爲屋, 而居焉 : 저본에는 "以爲屋居"로 되어 있으나 이본을 따른다.

71) 小石山 : 저본에는 "小山石"으로 되어 있으나 바로잡는다.

72) 之部衆 : 저본에는 "六府"로 되어 있으나 이본을 따른다.

73) 九尾狐走之~今呼爲狐尸潭 : 저본에는 "掘成大潭, 其中深灣, 呼爲尸狐澤"으로 되어 있으나 이본들을 교합했다.

74) 金牛寺是也 : 저본에는 "千年寺館羅寺是"로 되어 있으나 이본을 교합했다.

75) 洞 : 저본에는 "同"으로 되어 있으나 이본을 따른다.

76) 屋而居 : 저본에는 "皆居之"로 되어 있으나 이본을 따른다.

77) 餘仞 : 저본에는 "仞餘"로 되어 있으나 이본을 따른다.

千丈. 有鶴巢其上, 故名其地爲白鶴. 其樹經久不知幾千[78]年, 及枯遂化爲妖精, 變現勇猛, 能殺生[79]人物. 涇陽王以神術勝之, 精化稍屈, 然今日在此, 明日在彼, 變化不測, 常食生人, 民乃立祠而禱之. 每歲終十二月三十日, 用一生人爲祀, 其精始安, 民頗得寧, 相傳呼爲狙狂神. 西南地界近獼猴國, 國王命婆路蠻人(今演州府), 奪取山原獠子, 納之以禱, 歲以爲常.

及秦始皇命任囂爲龍川令, 囂因革其弊, 禁以生人爲祀, 神怒殺囂.[80] 是後, 事之尤謹.[81]

至丁先皇時, 有法師兪文车, 本北地人, 操行修潔, 年四十餘, 歷遊諸國, 能通諸蠻言語, 習[82]得金牙[83]銅齒, 到我國時车已八十. 先皇以師禮事之, 始敎以技術愚[84]狙狂神而殺之.

其法技[85], 有曰尙騎、尙竿、尙韆、尙碎、尙鉤、[86] 尙險竿, 或爲落馬人, 或爲唱兒. 每年十一月造飛橋高二十丈, 以木樹立其中, 以麻爲大索, 長一百三十六尺, 徑三寸, 以藤削纖織其外, 索垂兩頭, 埋縛於地, 索中處於樹上. 尙騎, 騰踏其上, 疾行二三度, 往來不墜, 頭戴黑巾, 身著黑裙. 尙竿, 索長一百五十六尺, 有三岐, 兩人各持旗竿, 登行其索上, 相遇三岐處, 相避, 升降不墜. 或爲尙韆, 以大木方闊一尺三寸, 厚七分, 置於樹上,

78) 千 : 저본에는 "餘"로 되어 있으나 이본을 따른다.

79) 殺生 : 저본에는 "生殺"로 되어 있으나 이본을 따른다.

80) 殺囂 : 저본에는 "陰殺之"로 되어 있으나 이본을 따른다.

81) 謹 : 저본에는 "盛"으로 고쳤으나 원본을 따른다.

82) 習 : 저본에는 이 뒤에 "傳"이 더 있으나 이본에는 없는바 이를 따른다.

83) 牙 : 저본에는 "身"으로 되어 있으나 이본을 따른다.

84) 愚 : 저본에는 "娛"로 고쳤으나 원본을 따른다.

85) 技 : 저본에는 "手"로 되어 있으나 이본을 따른다.

86) 鉤 : 저본에는 "釣"로 되어 있으나 이본을 따른다.

高十七尺. 尙鞴, 於其上飛踏二三度, 進退顚倒. 或爲尙碎, 以竹織籠, 形如魚筍, 長三尺, 圍濶四尺. 尙碎, 投身於其中, 自立不倒. 或爲尙鈎,[87] 拍手踴躍, 呼喝咆哮, 轉手轉足,[88] 撫胸撫髀,[89] 進退高下. 或爲落馬人, 騎馬奔走, 垂身取物於地而不落. 或爲尙險竿, 人自仰臥, 以足承長竿, 令小兒緣之. 或爲唱兒, 會打鉦鼓, 歌舞吟唱,[90] 噪亂喧譁.

　宰殺生物以祭之, 神精來食, 見而觀之, 法師持秘呪, 揮劍斬之, <u>猖狂</u>神及部衆[91]盡死. 自是, 無復作妖怪以害人,[92] 免歲薦之例, 民得全活焉.

檳榔傳

　上古時有一官郞, 狀貌高大, 國王賜名高, 因以<u>高</u>爲姓. 生二男, 長曰<u>檳</u>, 次曰<u>榔</u>, 二人相似不辨. 兄弟年方十七八, 父母俱亡, 相與尋師學道, 而師<u>劉玄道</u>[93]有一女, 年亦十七八, 欲爲夫婦, 不識其誰兄誰弟,[94] 乃以粥一盌, 箸一雙與二人食, 以觀其兄弟. 見弟讓其兄而辨之, 乃以實告父母, 嫁其兄, 夫婦情愛日密.

　至後, 待弟或不如初. 弟自生羞愧, 謂兄愛妻而忘弟, 乃不告兄而去. 行

87) 鈎 : 저본에는 "釣"로 되어 있으나 이본을 따른다.

88) 轉手轉足 : 저본에는 "搏手搏足"으로 되어 있으나 이본을 따른다.

89) 撫胸撫髀 : 저본에는 "撫骨膺脾"로 되어 있으나 이본을 따른다.

90) 歌舞吟唱 : 저본에는 없으나 이본에 의거해 보충한다.

91) 衆 : 저본에는 이 뒤에 "類"가 더 있다.

92) 無復作妖怪以害人 : 저본에는 없으나 이본에 의거해 보충한다.

93) 而師劉玄道 : 저본에는 "師事道士姓劉. 劉家"로 되어 있으나 이본을 따른다.

94) 其誰兄誰弟 : 저본에는 "其爲兄爲弟"로 되어 있으나 이본을 따른다.

至村野間, 忽遇深泉, 無船可渡, 獨坐慟哭而死, 化爲一樹,[95] 生於江[96]口
(檳榔是也). 及兄覺失弟, 辭妻追尋, 見弟已死, 遂投身於樹邊, 成一石塊,
蟠結樹根. 妻怪其夫久不見還, 乃追而尋之. 及到此[97]見夫已死, 遂投身抱
石, 化爲一藤, 旋繞石上, 葉味芳辛(芙蒥是也). 劉氏父母追思哀慟, 乃立
祠其地祀之. 時人經此, 皆焚香致拜, 稱其兄弟友順、夫婦節義.

七八月暑[98]氣未[99]退, 雄王巡行, 常駐蹕避暑[100]於此, 見祠前樹葉繁
密, 藤葉彌[101]蔓. 王登石審視, 問之而知其事, 嗟嘆良久, 卽令侍臣摘採
藤葉, 王親咬之, 唾於石上, 見其色鮮紅, 覺爲佳味, 乃取而歸, 始命以
火燒石爲灰, 與樹菓、藤葉合一而食, 甘脆芳辛, 唇頰生紅, 乃傳頒天
下, 隨處栽[102]植. 後凡南國[103]嫁娶會同大小禮, 皆以此物爲先, 卽今檳
榔、[104] 芙蒥葉、石灰是也. 此南國檳榔之所[105]由始焉.

一夜澤傳

雄王傳至三世孫, 王生一女仙容媚娘, 年十八, 容貌秀麗, 不願嫁夫, 好

---

95) 樹 : 저본에는 "榔"으로 되어 있으나 이본을 따른다.
96) 生於江 : 저본에는 "出於其"로 되어 있으나 이본을 따른다.
97) 此 : 저본에는 "處"로 되어 있으나 이본을 따른다.
98) 暑 : 저본에는 "署"로 되어 있으나 바로잡는다.
99) 未 : 저본에는 "朱"로 되어 있으나 바로잡는다.
100) 暑 : 저본에는 "署"로 되어 있으나 바로잡는다.
101) 彌 : 저본에는 "瀰"로 되어 있으나 이본을 따른다.
102) 栽 : 저본에는 "裁"로 되어 있으나 바로잡는다.
103) 後凡南國 : 저본에는 "凡"으로 되어 있으나 이본을 따른다.
104) 榔 : 저본에는 이 뒤에 "樹"가 더 있으나 이본에는 없는바 이를 따른다.
105) 所 : 저본에는 "時"로 되어 있으나 이본을 따른다.

遊行於天下, 王嬖而許焉. 每年二三月間, 裝載船艘, 浮遊海外, 樂而忘返.

時江邊褚舍鄉有人名[106]褚微雲, 生童子. 父子二人性本慈孝, 家遇大災, 財物俱[107]盡, 惟餘一布袴, 父子出入互相衣之. 迨父[108]病, 謂其子曰: "父死則裸而葬之, 留袴與汝, 庶免愧恥." 及卒, 以袴斂葬. 童子身體裸露, 凍餒無聊, 去就江邊, 持竿釣魚. 每望見商賈之船, 則立水中行乞.

不意仙容船猝至, 聞其鍾鼓管籥之聲, 見其儀仗羽旄之盛, 童子驚怖, 無所逃蔽. 浮沙中有蘆葦一叢, 扶疎三四株, 乃避隱其中, 爬沙成穴以藏身, 復以沙覆其上. 頃刻之間, 仙容駐船于此, 遊次沙上, 遂命以幔幬[109]圍蘆葦爲沐浴之處. 仙容入幔幬中,[110] 解衣沐浴, 灌水而沙自散, 露出童子身, 仙容訊之良久, 知其爲男子. 仙容曰: "我不樂嫁夫, 今[111]遇此人, 露居同穴, 是天使之然也. 汝堂亟起沐浴!" 賜之衣裳, 遂使同下船, 飲食宴[112]樂. 舟中之人, 皆以爲嘉會, 古今所無也. 童子具道其所以, 仙容嗟嘆, 命爲夫婦. 童子固辭. 仙容曰: "天爲作合, 又何辭焉?"

從者馳奏, 雄王怒曰: "仙容不惜名節, 不愛吾財, 巡遊道路, 下嫁貧人, 何面目見我! 自今任汝, 不得回國!" 仙容聞之, 懼不敢歸. 遂與童子開市肆、立鋪[113]舍, 與民買賣, 便成大市(今深[114]市也). 外國商人往來販賣, 敬事仙容、童子爲主. 有大商至, 告仙容曰: "貴人出黃[115]金一

---

106) 人名 : 저본에는 없으나 이본에 의거해 보충한다.

107) 俱 : 원본에 "散"으로 되어 있는 것을 저본에서 "磬"이라 고쳤으나 이본을 따른다.

108) 父 : 저본에는 이 뒤에 "老"를 첨가했으나 원본을 따른다.

109) 幬 : 저본에는 "幮"로 되어 있으나 이본을 따른다.

110) 幬中 : 저본에는 "幮巾"으로 되어 있다.

111) 今 : 저본에는 이 뒤에 "相"이 더 있으나 이본에는 없는바 이를 따른다.

112) 宴 : 저본에는 "晏"으로 되어 있으나 바로잡는다.

113) 鋪 : 저본에는 "廟"로 되어 있으나 이본을 따른다.

114) 深 : 저본에는 "探"으로 되어 있으나 이본을 따른다.

鎰, 今年與商人出海外買貴物, 明年得息十鎰."仙容喜謂童子曰:"我夫
婦是天所作使, 然衣食是人所爲. 今當取金一鎰, 與商人出海外買貴物,
以爲生活."

童子遂與商人同行販賣, 浮遊出海外. 有瓊圍山, 山上有小庵, 商人泊
船汲水. 童子登[116]其庵. 庵有小僧名伏光, 傳法于[117]童子. 童子遂留聽
法, 付金與商買[118]物. 迨商回, 復至此庵, 載童子歸. 僧乃贈童子一杖一
笠, 且曰:"靈通已在此矣!"童子回, 具以伏道告仙容. 仙容覺悟, 遂廢市
肆商業, 相與遊方, 尋師學道. 一[119]日遠行, 日暮未及到家, 暫息於途, 植
杖覆笠以自蔽. 逮夜三更, 現出城郭、珠樓、寶殿、臺閣、廊宇; 府庫、廟
社、金銀、珠玉; 床席、帷幕、仙童、玉[120]女; 將士、侍衛, 羅列滿前. 明
日, 見者驚異, 各持香花、玉食之物, 進獻稱臣, 始有文武百官, 分軍宿衛,
別成一國.

雄王聞之, 以爲女子作[121]亂, 發兵擊之. 官軍將至, 群臣請命以禦.
仙容笑曰:"非我所爲, 乃天所使. 生死在天, 何敢禦父? 順受其正, 任其
誅戮."時新集之衆, 驚潰奔散, 惟舊衆在, 與仙容同處. 及官軍至, 駐營
於自然洲, 猶隔大河, 會日暮未及進軍. 至夜半, 大風忽起, 揚沙拔木,
官軍大亂. 仙容部衆、城郭,[122] 一時拔去升天. 其地陷成大澤. 明日,
人民望之不見, 以爲靈異, 遂立祠堂, 時時致[123]祭. 名其澤曰一夜澤, 其

---

115) 黃 : 저본에는 "鑛"으로 되어 있으나 이본을 따른다.

116) 登 : 저본에는 이 뒤에 "遊"를 첨가했으나 원본을 따른다.

117) 于 : 저본에는 "與"로 되어 있으나 이본을 따른다.

118) 買 : 저본에는 "賣"로 되어 있으나 이본을 따른다.

119) 一 : 저본에는 이 앞에 "有"가 더 있다.

120) 玉 : 저본에는 "王"으로 되어 있으나 바로잡는다.

121) 作 : 저본에는 "稱"으로 되어 있으나 이본을 따른다.

122) 衆城郭 : 저본에는 "覺"으로 되어 있으나 이본을 따른다.

洲曰[124]幔幮[125]洲，其市曰深[126]市.

後至前李南帝朝，梁軍來侵，南帝命趙光復爲將以禦之．光復率兵，[127] 藏居澤中．其澤深闊沮洳，難於進止．光復乘獨木船以便往來，賊不知其所在，當夜暗以獨木船突出擊之，奪取糧食，持久以老其師．三四年間，鋒不能交．覇[128]先嘆曰："古謂'一夜升天澤'，信矣．" 會侯景作亂，梁主召覇[129]先北還，委裨將楊孱統其衆．光復齋戒設壇於澤中，焚香致禱．忽見神人乘龍降于澤中，謂光復曰："我雖升上天，靈異尙在．汝能誠禱，故來救助，以平亂賊．" 遂脫龍爪以受光復曰："以此揷兜鍪上，所向成功．" 言迄不見．光復從其言奮身突擊，梁軍大敗．斬其將楊孱于陣前，梁軍敗走．光復聞南帝殂，遂自立爲趙越[130]王，城于武寧郡之鄒山.

董天王傳

雄王之世，天下熙洽，[131] 民物富庶．殷王以其缺朝覲之禮，將託巡守而侵之．雄王聞之，召群臣問攻守之策．有方士進言曰："莫若求龍君以陰助．" 王從之．遂築壇齋戒，置金銀幣帛於壇上，焚香致敬三日．天大雷

---

123) 致 : 저본에는 "至"로 되어 있으나 이본을 따른다.
124) 曰 : 저본에는 이 뒤에 "自然洲, 或曰"이 더 있으나 이본에는 없는바 이를 따른다.
125) 幮 : 저본에는 "橱"로 되어 있으나 이본을 따른다.
126) 深 : 저본에는 "河"로 되어 있으나 이본을 따른다.
127) 兵 : 저본에는 "其"로 되어 있으나 바로잡는다.
128) 覇 : 저본에는 "伯"로 고쳤으나 원본을 따른다.
129) 覇 : 저본에는 "伯"로 되어 있다.
130) 越 : 저본에는 없으나 이본에 의거해 보충한다.
131) 洽 : 저본에는 "治"로 되어 있으나 이본을 따른다.

雨, 忽見一老人高六尺餘, 豐面大腹, 鬢眉皓白, 坐於岐路, 談笑歌舞. 見者意非常人, 入[132]告於王. 王親行拜之, 迎入壇內. 老人不言語, 不飲食. 王前來問曰: "今聞有北兵將來攻, 勝負如何?" 老人良久索籌蕭卜, 謂王曰: "三年之後, 北賊將來. 當嚴整器械, 精練士卒, 爲國威勢. 且遍求天下奇才, 能破賊者, 分封爵邑, 傳之無窮. 若得其人, 賊可平矣."[133] 言訖, 騰空而去, 始知其爲龍君也.

比及三年, 邊人告急有殷軍來. 王如老人語, 使人徧求天下, 行至武寧郡 扶董鄉. 鄉中有富家翁年六十餘, 生男三歲不能言, 仰臥不能起坐. 其母聞使者至, 戲之曰: "生得此男, 徒能飲食, 而不擊賊, 以蒙朝庭之賞, 報乳哺之功." 兒聞母言, 勃然言曰: "母! 呼使者來. 試聞何事!" 母大驚, 喜告其鄉鄰, 謂其子已能言. 鄰人亦驚異, 迎告使者. 使者問曰: "爾小方能言, 何爲呼我來?" 小兒乃起坐, 謂使者曰: "速歸告王, 鍊爲鐵馬高十八尺, 鐵劍長七尺, 鐵笠一頂. 兒騎戴以戰, 賊自驚散, 王何憂乎?" 使者馳回告王, 王喜曰: "吾無憂矣!" 群臣皆曰: "一人擊賊, 如何可破?" 王曰: "此龍君救[134]我, 如前年老人所言, 的不虛語. 諸公勿疑!" 仍命秤鐵五十百斤, 鍊成鐵馬、鐵笠, 使者賞至. 母見而大驚, 恐禍及己, 憂懼告兒. 兒大笑: "母但多具酒食與兒喫. 擊賊之事, 母勿憂也!"

兒軀體驟大, 衣食日費, 其家供給不足, 鄰爲之斃犫牛、鑄餅菓之需, 兒嘆不能充腹. 布帛綿繡之服, 不能蔽形, 至取蘆花繼之. 及殷兵至鄒山, 兒始伸足而立, 長十餘丈, 仰鼻而噱, 連十餘聲, 拔劍厲聲曰: "我是

---

132) 入: 저본에는 "人"으로 되어 있으나 바로잡는다.

133) 三年之後~賊可平矣: 이 부분이 저본에는 "'三年之後, 賊來到之.' 王又問計. 老人曰: '若賊來時, 當嚴整器械, 精練士卒, 爲國家計, 且徧求天下, 能破賊則分封爵邑, 傳之無窮. 得其人則賊可破矣'"로 되어 있으나 이본을 따른다.

134) 救: 저본에는 "助"로 고쳤으나 원본을 따른다.

天將!" 遂戴笠騎馬, 馳鳴以飛, 瞬息間到王軍前.[135] 揮劍而前, 官軍隨後, 進逼賊壘, 陣于武寧 鄒山之下. 殷軍大潰, 倒戈相攻. 殷王戰死於鄒山, 其餘黨羅拜曰: "天將!" 皆來降服. 行至安越 朔山, 乃脫衣服, 騎馬升天, 獨留石跡於山上焉.

王思其功勞, 無以爲報, 乃尊爲扶董天王, 立寺於本鄉之園宅, 賜田一百頃, 晨昏享之. 殷世歷二十七王六百四十四年, 不敢加兵. 四方聞之, 亦皆臣服, 來附於王. 後來李太祖封爲冲天神王, 立廟在扶董鄉 建初寺側, 塑像在衛靈山, 春秋致祭焉.

蒸餠傳

雄王旣破殷軍之後, 國內無事, 思欲傳位於子, 乃會諸官郎公子二十二人, 謂之曰: "我欲傳位, 有能如我願, 欲其以珍甘美味, 歲終薦于先王以盡孝道, 方可傳位."

於是諸子各搜水陸珍奇, 多方魚獵市鬻, 先務要異味, 不可勝數. 獨十八子郎僚, 母氏寒微, 先已病故, 左右寡少, 難以應辨. 晝夜憂思, 寤寐不得. 忽夢神人告以"天地之物, 米獨爲貴. 所以養人, 人能壯也.[136] 人食不能厭, 他物莫能先. 若以糯米作餠, 或舂粘爲圓以象天, 或裹葉爲方以象地, 中藏美味, 以則天地包涵萬物之狀, 寓父母養育之恩, 如此則親心可悅, 尊位可得." 郎僚驚覺, 喜曰: "此神助我也, 當遵而行之." 乃擇糯米之精白圓完無所缺者, 漸淅之潔精, 以靑葉有表爲方形, 置殊味於其

---

135) 瞬息間到王軍前 : 저본에는 없으나 이본에 의거해 보충한다.

136) 所以養人, 人能壯也 : 저본에는 "所以養民, 能壯人者也"로 되어 있으나 이본을 따른다.

中, 羹而熟之以象地, 號曰蒸餅. 又以糯米炊之至熟, 搗而爛搏, 作圓形以象天, 號曰薄搗餅.

至期, 王會諸子, 具陳物饌. 歷而觀之, 諸子所獻, 無物不有, 惟<u>郎僚</u>作方圓餅以進. 王異之, 問諸<u>郎僚</u>, <u>郎僚</u>具對如神人所告. 王親嘗之, 百味皆有, 適口不厭, 諸子所陳之物,[137] 莫能加之. 王贊嘆[138]良久, 以<u>郎僚</u>爲第一, 歲終節候, 當作<u>郎僚</u>所進蒸餅以奉父母. 天下效之, 傳至于今. 以其名<u>郎僚</u>, 故呼爲'節料'. 王乃傳位於<u>郎僚</u>, 兄弟二十一人, 分守藩籬,[139] 立爲部黨, 據守山泉, 以爲險固.

其後互相爭長不睦, 各立木柵以遮護之, 故[140]曰柵,[141] 曰村,[142] 曰莊, 曰坊, 自此始也.

西瓜傳

昔<u>雄王</u>之世, 有臣<u>枚安暹</u>, 本外國人也. 甫七八歲, 商船載來, 王買以爲奴. 及長, 面貌端正, 記識事物, 王賜姓<u>枚</u>、名<u>偃</u>、號<u>安暹</u>. 賜之一妾, 生得男女. 寵[143]任以事, 漸成富貴. 人咸畏服, 苞苴[144]踵門, 無物不有.

137) 之物 : 저본에는 없으나 이본에 의거해 보충한다.
138) 贊嘆 : 저본에는 "嘆賞"으로 고쳤으나 원본을 따른다.
139) 籬 : 저본에는 "維"로 되어 있으나 이본을 따른다.
140) 故 : 저본에는 "古"로 되어 있으나 이본을 따른다.
141) 柵 : 저본에는 "册"으로 되어 있다.
142) 村 : 저본에는 "雄"으로 되어 있으나 이본을 따른다.
143) 寵 : 저본에는 "寵"으로 되어 있으나 바로잡는다.
144) 苴 : 저본에는 "首"로 되어 있으나 바로잡는다.

逐生驕慢之心, 常自言曰: "都是我前身之物, 不曾¹⁴⁵⁾有主恩."

　王聞之, 大怒曰: "爲人臣子, 不知主恩, 自生驕慢, 今始置於海外無人之地, 尙有前身之物否?" 乃放<u>枚偃</u>于<u>峩</u>¹⁴⁶⁾山海口外沙洲, 四邊無人跡通焉. 留之糧食, 纔足四五月, 使食盡而死. 其妻恐慟曰: "我死於此, 無復生矣!" <u>安暹</u>笑曰: "天旣生我, 天將養之. 生死在天, 吾何憂乎?"

　居無何, 忽有一白鳥飛從西來, 止于山隅, 鳴三四聲, 吐瓜核六七個, 落于沙上, 萌自發生, 延蔓茂盛, 結成菓實, 綿綿成夥. <u>安暹</u>喜曰: "此非怪物, 乃天之所養我也." 剖而食之, 其馨香而恬密, 淡爽精神. 多年植之, 不可勝食. 又以易穀米, 養¹⁴⁷⁾妻子. 然不知其名, 因鳥唧自西來, 號曰'西瓜'. 漁釣商賈之客, 共悅其味, 各以所有並來貿易. 遠近村巷¹⁴⁸⁾之民, 爭買其核, 效其時種, 散及四方.

　後王思之, 使人就所居, 問其存否. 其人來告于王. 王嘆曰: "彼前身之言, 誠不虛也." 乃召還, 復其官職, 賜以奴婢, 名其所居¹⁴⁹⁾沙洲曰<u>安暹洲</u>, 其窩曰<u>枚窩</u>, 今<u>峩山縣</u> <u>安暹洲</u>是也. 時或推<u>安暹</u>爲西瓜父母, 至今猶存呼'西瓜祖妣', 蓋西瓜自<u>安暹</u>始也.

白雉傳

　<u>周</u> <u>成王</u>時, <u>雄王</u>命其臣稱<u>越裳氏</u>獻白雉于<u>周</u>. 言路不通, <u>周公</u>使人重

145) 曾 : 저본에는 이 뒤에 "顧"가 더 있으나 이본에는 없는바 이를 따른다.

146) 峩 : 저본에는 "炭"으로 되어 있으나 바로잡는다.

147) 養 : 저본에는 "給食"으로 되어 있으나 이본을 따른다.

148) 村巷 : 저본에는 "林港"으로 되어 있으나 이본을 따른다.

149) 居 : 저본에는 이 뒤에 "曰"이 더 있으나 이본에는 없는바 이를 따른다.

譯然後始通. 周公曰: "交趾, 短髮文身, 露頭跣足, 食檳榔染黑齒,[150] 何由若此?" 使者曰: "短髮, 以便入山林; 文身, 以象龍君,[151] 游[152]泳 於水, 蛟龍[153]不敢犯; 跣足, 以便緣木; 刀耕火種, 露頭,[154] 以避炎 熱; 食[155]檳榔, 以除汚穢, 故成黑齒." 周公曰: "何爲而來?" 使者曰: "天無列[156]風淫雨, 海不揚波, 今三年矣. 意者中國有聖人乎, 故來." 周 公嘆曰: "政令不施, 君子不臣其人; 德澤不加, 君子不享其物. 及記黃 帝所誓[157]曰: '交趾方外, 毋得侵之.'" 賞以重物, 敎戒放回. 越裳使 者,[158]忘其歸路, 周公命賜軒車五乘, 皆爲指南之制. 使者載之, 由扶 南、林邑海際, 期[159]年而至其國. 故指南車常[160]爲先導.

後孔子作『春秋』, 以文郎國爲要荒之地, 文物未備, 故置而不載焉.

---

150) 食檳榔染黑齒: 저본에는 없으나 이본에 의거해 보충한다.

151) 以象龍君: 저본에는 "爲龍府之形"으로 되어 있으나 이본을 따른다.

152) 游: 저본에는 "遊"로 되어 있으나 이본을 따른다.

153) 龍: 저본에는 "蛇"로 되어 있으나 이본을 따른다.

154) 露頭: 저본에는 없으나 이본에 의거해 보충한다.

155) 食: 저본에는 없으나 이본에 의거해 보충한다.

156) 烈: 저본에는 "冽"로 되어 있다.

157) 誓: 저본에는 "言"으로 고쳤으나 원본을 따른다.

158) 越裳使者: 저본에는 "越裳氏"로 고쳤으나 원본을 따른다.

159) 期: 저본에는 "其"로 되어 있으나 바로잡는다.

160) 常: 저본에는 "嘗"으로 되어 있으나 이본을 따른다.

卷之二

李翁仲傳

雄王季世, 交趾 慈廉縣人姓李名身, 生而長大, 高二丈三尺, 驍悍殺人, 罪應至死, 雄王惜不忍殺.

至安陽王時, 秦始皇欲加兵我國. 安陽王乃以李身獻之, 始皇得之甚喜, 用爲司隸校尉. 及始皇併有天下, 使將兵守臨洮, 匈奴不敢犯塞. 封爲輔信侯, 仍命歸國. 後匈奴再犯塞, 始皇思李身, 遣[1]使來徵, 身不肯行, 竄在村澤. 秦人責之, 安陽王尋久不得, 詐云已死. 秦問何由而死, 以泄瀉[2]爲對. 秦始皇遣使驗之. 遂羹粥攪地,[3] 以爲寔跡. 秦命以屍來. 李身不得已, 乃自刎. 以水銀塗其屍而納諸秦. 始皇嘆息, 鑄銅爲像, 號翁仲, 置咸陽宮司馬門外, 腹中容數十人, 每四方使至庭, 使人潛搖動,

---

1) 遣：저본에는 이 앞에 "復"를 첨가했으나 원본을 따른다.
2) 泄瀉：저본에는 "瀉泄"로 되어 있으나 이본을 따른다.
3) 攪地：저본에는 "攪地中"으로 되어 있으나 이본을 따른다.

匈奴以爲生校尉, 不敢犯塞.[4]

至唐 趙昌爲交州都護, 夜夢與李身講『春秋左氏傳』. 因訪其故宅, 立祠祭之. 迨高駢平南詔, 常顯靈助順. 駢重修廟宇, 雕木立像, 號李校尉祠, 今在慈廉縣 布兒社大河邊, 去京城之西五十里(布兒, 今改瑞香社), 每年仲春致祭焉.

越井傳

越井在武寧郡之鄒山.

雄王三世, 殷王擧兵南侵, 駐軍鄒山之下. 雄王求助於龍君. 龍君化爲董天王, 騎鐵馬以擊之, 殷將士皆奔潰. 殷王敗死於山下, 爲地府君, 民爲之立祠, 四時奉祀. 歲久寢衰, 或廢成荒祠. 本國人崔亮仕秦爲御史大夫, 嘗經過其地, 憫其頹壞, 遂重修廟宇, 因題詩云:

古人傳道是殷王, 巡狩當年到此方.
山秀水流空見廟, 精升跡在尙聞香.
一朝勝敗無殷德, 萬載威靈鎮越裳.
百姓從玆皆奉祀, 默扶國祚永無疆.

後至任囂、趙佗[5]將兵南侵, 復駐於此山, 重修廟貌, 嚴加奉祀. 殷王感其德, 欲報崔亮之功, 使麻姑仙出境尋之. 時崔亮已沒, 惟子崔偉尙

---

4) 犯塞: 저본에는 "近"으로 되어 있으나 이본을 따른다.
5) 佗: 저본에는 "陀"로 되어 있으나 이본을 따른다.

在. 正月上元節, 方民遊于祠, 或獻玻瓈瓶一雙, <u>麻姑仙</u>手持玩看, 忽墜
地破缺,[6] 衆人捉取追償. <u>麻姑</u>衣敝衣, 人不知其爲仙, 痛加箠楚. <u>崔偉</u>
見而憐之, 解衣代償. <u>麻姑</u>得免, 因問其所居, <u>崔偉</u>具道其父之由. <u>麻姑</u>
知其爲<u>崔亮</u>之子, 喜謂偉曰: "今吾固無所報, 他時必有以報之!"遂授偉
以艾一束曰: "當謹守此物, 不離於身, 後見人有瘤疾, 炙之卽消, 必得大
富貴!"

偉受之, 亦不識其爲仙藥也. 一日就親友道士<u>應玄</u>家. <u>玄</u>有肉瘤在首.
偉曰: "我得艾一束, 能治此疾, 請爲治之." <u>玄</u>許諾. 偉乃以艾炙, 其瘤
自消. <u>玄</u>曰: "是仙藥也![7] 無物以報, 願以一事[8]報之. 我有親戚貴人,
亦有此疾, 常言: '誰能療治, 則罄家財與之[9]不吝', 請君治之, 因[10]以爲
報!"

<u>玄</u>引偉至<u>任醫</u>家. <u>醫</u>使炙之, 其瘤卽瘳. <u>醫</u>甚喜, 養偉爲義子, 爲開學
堂[11]以教之. 偉性聰明, 好鼓琴, <u>醫</u>女<u>芳容</u>見而悅之, 因與私通, 情意眷
戀. <u>醫</u>子<u>任夫</u>知之, 欲致于死. 及歲終祀<u>猖狂神</u>, <u>任夫</u>意欲以偉祭之, 乃
誘偉曰: "年終薦<u>猖狂神</u>, 未得其人. 今日不可外行, 且入公廳以避之, 庶
無後悔." 偉不意從之. <u>任夫</u>鎖其門不得出. <u>芳容</u>知之, 潛以刀與偉, 令鑿
壁而出.

偉乃[12]夜間暗行, 欲就<u>應玄</u>[13]家. 奔行山上, 忽墜穴中, 約一更到穴

---

6) 缺: 저본에는 "鐵"로 되어 있으나 이본을 따른다.

7) 也: 저본에는 없으나 이본에 의거해 보충한다.

8) 一事: 저본에는 "別恩"으로 되어 있으나 이본을 따른다.

9) 之: 저본에는 없으나 이본에는 있는바 보충한다.

10) 因: 저본에는 "恩"으로 되어 있으나 이본을 따른다.

11) 堂: 저본에는 "黨"으로 되어 있으나 이본을 따른다.

12) 偉乃: 저본에는 없으나 이본에 의거해 보충한다.

13) 就應玄: 저본에는 "趣就玄應"으로 되어 있으나 이본을 따른다.

底. 偉痛臥一刻, 方能起坐. 日出至午, 照透穴中,14) 四顧皆石壁, 無階可升. 其上有一石塊出石乳, 流于石盆. 有一白蛇身長百丈, 黃角赤口, 赤鬐白鱗, 頷下有肉瘻, 額上有金字曰'玉京子', 蛇出食石乳, 再深入穴中. 偉居穴中三日, 飢甚, 乃盜食石乳, 蛇出15)見乳盆空盡, 擧首視偉欲吞之. 偉恐懼,16) 跪拜曰:"臣避難墜此, 無以充腹, 資食玉物, 誠爲有罪. 今見有頷下17)肉瘻, 臣請以艾炙之, 願寬臣罪, 以盡小技!" 蛇卽仰首如求炙之狀. 忽見野燒一片火, 飛下穴中, 偉取炙之, 瘻卽消癒. 蛇乃彎18)身向19)偉前, 意欲令偉乘之. 偉卽騎其背出穴中, 當一更至岸上, 寂無人行. 蛇搖尾20)乃之, 復入穴中.

偉獨行迷路, 忽見一城門, 上有高樓, 赤瓦玲瓏, 燭21)光照耀. 門掛赤扁金字, 題曰'殷王城'. 偉坐門傍, 頃刻無人往來. 偉卽步入門庭, 見庭邊有池, 其中有五色蓮花, 池上有槐柳數行. 街衢平坦, 玉殿珠宮, 廊宇宏廠. 殿上設雙金床, 鋪銀花席, 上有琴瑟二張, 寂不見人.22) 偉徐徐來前, 試把琴瑟鼓之. 良久, 見金童玉女數百餘人, 侍衛殷王后開門而出. 偉大驚, 趨下殿庭伏拜. 后笑曰:"崔23)官人何自來?" 接引24)殿上, 謂曰:"我

---

14) 約一更到穴底~照透穴中 : 저본에는 없으나 이본에 의거해 보충한다.

15) 再深入穴中~蛇出 : 저본에는 없으나 이본에 있는바 보충한다.

16) 懼 : 저본에는 없으나 이본에 의거해 보충한다.

17) 今見有頷下 : 저본에는 "王頷"으로 되어 있으나 이본을 따른다.

18) 彎 : 저본에는 "弯"으로 되어 있으나 이본을 따른다.

19) 向 : 저본에는 "引"으로 고쳤으나 원본을 따른다.

20) 尾 : 저본에는 이 뒤에 "而"를 첨가했으나 원본에는 없는바 원본을 따른다.

21) 燭 : 저본에는 "滲"으로 되어 있으나 이본을 따른다.

22) 寂不見人 : 저본에는 없으나 이본에 의거해 보충한다.

23) 崔 : 저본에는 없으나 이본에 의거해 보충한다.

24) 引 : 저본에는 이 뒤에 "入"을 첨가했으나 원본에는 없는바 원본을 따른다.

殷王祠積年荒廢, 賴崔御史重修之力. 世人效之, 奉祀無窮. 王已命麻姑尋來報德, 不遇御史, 止見公子, 未有以報. 今得覿其面, 然上帝有[25]勅, 王朝天矣. 公姑在此."因留偉, 賜之以飲食, 勸之醉飽. 方罷,[26] 忽見[27]一人長鬚大腹, 奉表來前,[28] 跪奏曰:"正月三日, 北人任囂被猖狂神打死."奏畢, 后謂曰:"羋官人再引崔公歸世!"后謝送歸. 羋官人使偉閉目, 坐於肩上,[29] 一刻餘, 已至山上. 羋官人化作石羊, 立於山中, 今猶在鄒山 越王祠.

後偉歸[30]應玄家, 具道其事. 至八月初一日, 偉又與玄出遊, 見麻姑仙攜一仙女賜偉, 使爲夫婦, 並賜以龍燧寶珠. 是珠也, 自開闢之初, 已有雌雄一雙, 由黃帝歷殷, 傳爲世寶. 鄒山之戰, 殷王佩之而死, 埋藏地中. 珠之光彩常冲天. 秦時兵興, 珍玩具焚. 望氣者知龍燧寶珠[31]尙在南方, 遠來求索. 至是殷王以珠報偉, 北方人以金銀彩緞價錢百萬貫[32]買之, 偉於是大富.

後麻姑仙迎偉夫婦去, 不知所之. 今井已荒成汙,[33] 穴猶在鄒山, 俗傳爲越井岡[34]云.

---

25) 有 : 저본에는 없으나 이본에 의거해 보충한다.

26) 方罷 : 저본에는 없으나 이본에 의거해 보충한다.

27) 見 : 저본에는 없으나 이본에 의거해 보충한다.

28) 來前 : 저본에는 없으나 이본에 의거해 보충한다.

29) 上 : 저본에는 "間"으로 되어 있으나 이본을 따른다.

30) 歸 : 저본에는 이 뒤에 "到"가 더 있으나 이본에는 없는바 이를 따른다.

31) 寶珠 : 저본에는 "珠寶"로 되어 있으나 이본을 따른다.

32) 彩緞價錢百萬貫 : 저본에는 "鍛子價成五萬"으로 되어 있으나 이본을 따른다.

33) 汙 : 저본에는 "涸"으로 고쳤으나 원본을 따른다.

34) 岡 : 어떤 본에는 "崗"으로 되어 있다.

金龜傳

甌貉國 安陽王原巴蜀人也, 姓蜀名泮. 因先祖求雄王之女媚娘爲婚, 不得而唧怨. 泮欲成前志, 擧兵攻雄王, 滅文郎國, 改號甌貉而王[35]之.

築城於越裳之地, 隨築隨崩. 王乃立壇, 齋戒祈禱. 三月初七日, 忽有一老人從西而來, 直到城門, 嘆曰:"建立此城, 何時而就!"王迎入殿上, 拜而問曰:"我築此城, 旣就復崩, 傷損功力而不能, 何也?"老人曰:"他日有淸江使來, 與王同築方成."言訖辭去.

翌日, 王立東門望之, 見金龜從東而來, 立於水上, 能作人言語, 自稱'淸江使者', 明知天地陰陽鬼神之事. 王喜曰:"此老人所以語我也."遂使以金輿昇入城中, 延坐殿上, 問以築城不就之故. 金龜曰:"此山川精氣, 前王子[36]附之, 爲國報仇. 並有千載白雞, 化爲妖精, 隱在七曜山. 山中有鬼, 乃前代樂工埋葬于此, 化爲鬼. 傍有一館, 宿人往來. 館主名悟空, 有一女, 並有白雞一隻, 是鬼精之餘氣. 凡人往來至此宿泊,[37] 鬼精化爲千形萬狀, 而害之,[38] 死者甚多. 今當取白雞並館主之女殺之, 其精自滅. 彼必聚陽氣爲妖, 化爲鴟鴞, 唧書飛來[39]旃檀之樹, 奏于上帝, 乞壞其城. 臣喫鴟足[40]墜其書, 王速收之, 則城可就."

金龜乃使王托爲行路人寓宿館中, 置金龜於門楣上. 悟空曰:"此館有

---

35) 王: 저본에는 "居"로 되어 있으나 이본을 따른다.

36) 子: 저본에는 없으나 이본에 의거해 보충한다.

37) 宿泊: 저본에는 "泊宿"으로 되어 있으나 이본을 따른다.

38) 之: 저본에는 "殺"로 되어 있으나 이본을 따른다.

39) 聚陽氣爲妖~唧書飛來: 저본에는 "化爲妖書, 令鴟鴞唧之, 飛集"으로 되어 있으나 이본을 따른다.

40) 鴟足: 저본에는 없으나 이본에 의거해 보충한다.

妖精, 夜常殺人, 郞君不可宿. 且今日未暮, 宜速行他處, 莫致取禍!"王笑曰: "生死有命, 鬼魅何爲! 吾不足畏也." 乃留宿. 夜間, 鬼精從外來呼曰: "何人在此, 不速開41)門?" 金龜叱曰: "閉門汝何爲?" 鬼精放火, 變42)作萬狀, 詭異多方, 以驚怖之, 終不得入. 至雞鳴時衆鬼散走.43) 金龜令王追躡至七曜山. 鬼精收藏殆盡, 王乃還館.

明日, 館主呼人同來, 欲行收葬宿泊人身屍, 見王在坐, 語笑自如. 館主趨拜曰: "郞君安得若此? 是卽聖人也!" 乞求靈術以救生民. 王曰: "殺爾白雞而祭, 則鬼精盡散." 悟空從之, 殺白雞, 而女子自然倒死. 卽命人掘44)七曜山, 得古樂器及其骸骨, 燒搗成灰, 投諸江流. 時日將晚, 王與金龜登越裳山, 見鬼精已化爲鴟鴞,45) 啣書升旐檀上. 金龜遂變爲鼠, 隨其後啣鴟足, 書墜于地, 王速收之, 其書蠹食過半.

自是鬼精盡散, 無復作怪. 築城半月而就. 其城延廣千丈, 盤旋如螺形, 故曰'螺城', 又曰'鬼龍城'; 唐人呼爲'殺鬼崑崙城', 謂其城最高也.

金龜與居三年, 辭歸. 王感謝曰: "荷君之恩,46) 其城已固. 如有外侮, 何以禦之?" 金龜曰: "國祚修短, 社稷安危, 天之運也. 人能修德, 可以延之. 王有所願, 又何愛惜?" 乃脫其爪, 授王曰: "偶見賊來, 用此作弩, 向賊發箭,47) 則無憂矣!" 言訖, 遂歸東海. 王自送之. 因命其臣皐魯造弩, 以爪爲機, 號'靈光金爪神弩'.

---

41) 開 : 저본에는 "閉"로 되어 있으나 이본을 따른다.

42) 變 : 저본에는 "散"으로 되어 있으나 이본을 따른다.

43) 走 : 저본에는 "去"로 고쳤으나 원본을 따른다.

44) 掘 : 저본에는 "抽"로 되어 있으나 이본을 따른다.

45) 鴞 : 저본에는 "鶚"으로 되어 있으나 이본을 따른다.

46) 恩 : 저본에는 "思"로 되어 있으나 바로잡는다.

47) 發箭 : 저본에는 "前"으로 되어 있으나 이본을 따른다.

是後, <u>趙佗</u>[48)南侵, 與王交戰. 王以神弩射之, <u>佗</u>[49)軍敗走, 屯于<u>鄒山</u>, 與王對壘. <u>佗</u>[50)知王有神機弩, 不敢再戰, 遣使請和. 王喜, 許小江以北<u>佗</u>[51)治之, 以南王治之(今<u>月德江</u>). 未幾, <u>佗</u>[52)遣子<u>仲始</u>入宿衛, 求婚王女<u>媚珠</u>. 王不意<u>佗</u>[53)父子奸計, 遂許之. <u>仲始</u>誘<u>媚珠</u>竊取神機弩, 潛作別機, 換取龜爪藏之. 詐<u>媚珠</u>以歸北省親, 因曰: "夫婦之情, 不忍相忘, 父子之恩, 不可偏廢. 吾且歸省, 萬一兩國失和, 南北隔別, 我來尋汝, 將用何物表識?" <u>媚珠</u>曰: "妾爲兒[54)女子, 遇此睽離, 情難勝矣. 妾有鵝毛錦縟, 常附于身, 到那時節, 拔毛置諸岐路以示所在, 庶得相救."

<u>仲始</u>辭謝, 挾機而歸以告<u>佗</u>.[55) <u>佗</u>[56)得之大喜, 發兵攻王. 王恃神弩, 不設備, 圍碁自若, 笑曰: "<u>佗</u>[57)不畏吾神弩耶?" 及<u>佗</u>[58)軍進逼, 王擧弩射之, 神機[59)已失, 衆遂奔潰. 王坐<u>媚珠</u>於馬後南奔. <u>仲始</u>認鵝毛[60)以追之. 王奔至海濱, 窮途無舟楫可渡. 王大呼曰: "天喪予乎! <u>淸</u>[61)<u>江</u>使何在? 速

---

48) 佗 : 저본에는 "陀"로 되어 있으나 이본을 따른다.
49) 佗 : 저본에는 "陀"로 되어 있으나 이본을 따른다.
50) 佗 : 저본에는 "陀"로 되어 있으나 이본을 따른다.
51) 佗 : 저본에는 "陀"로 되어 있으나 이본을 따른다.
52) 佗 : 저본에는 "陀"로 되어 있으나 이본을 따른다.
53) 佗 : 저본에는 "陀"로 되어 있으나 이본을 따른다.
54) 兒 : 저본에는 없앴으나 원본을 따른다.
55) 佗 : 저본에는 "陀"로 되어 있으나 이본을 따른다.
56) 佗 : 저본에는 "陀"로 되어 있으나 이본을 따른다.
57) 佗 : 저본에는 "陀"로 되어 있으나 이본을 따른다.
58) 佗 : 저본에는 "陀"로 되어 있으나 이본을 따른다.
59) 機 : 저본에는 "弩"로 되어 있으나 이본을 따른다.
60) 毛 : 저본에는 이 뒤에 "表跡"을 첨가했으나 원본을 따른다.
61) 淸 : 저본에는 없으나 이본에 의거해 보충한다.

來救我!"金龜湧出水上, 叱曰: "乘馬後者, 賊也. 當殺之, 吾方救汝!" 王乃拔劍斬媚珠. 媚珠臨死, 仰祝曰: "妾爲女子, 有叛逆之心, 謀害其父, 則死成微塵; 若忠孝[62]一節, 爲人所詐, 則化爲珠玉, 雪此讐恥!"

媚珠死于海濱, 血流[63]水上, 蚌蛤吸之,[64] 化成明珠. 王持七寸文犀, 金龜開水引王入海. 世傳演州 高舍社 夜山縣, 是其處也. 佗[65]軍到此, 茫無所見, 惟有媚珠屍在. 仲始抱其屍, 將歸葬[66]螺城, 化爲玉[67]石. 仲始痛惜不已, 還粧浴處, 想見媚珠形體, 遂自投井底而死. 後人有得東海明珠, 以此井水洗之, 色愈光明. 因避媚珠名,[68] 故呼明珠爲'大玖'、'小玖'云.

蠻娘傳

漢 獻帝時, 太守士燮[69]築城于平江南邊(今天德江). 城之南, 舊有佛寺名福嚴. 有僧自西來號迦羅闍梨, 住持此寺, 能立獨脚之法, 男女老少, 信慕敬奉, 號爲尊師. 人人皆求學佛道.

時有一女名蠻娘, 父母俱亡, 家中貧苦, 亦篤求學道, 然訥於言語, 不能與衆誦經, 常居廚竈,[70] 擣米採薪, 躬親炊爨, 以供養一寺之僧及四方

---

62) 孝: 저본에는 "信"으로 되어 있으나 이본을 따른다.

63) 流: 저본에는 "疏"로 되어 있으나 이본을 따른다.

64) 之: 저본에는 "入心"으로 되어 있으나 이본을 따른다.

65) 佗: 저본에는 "陀"로 되어 있으나 이본을 따른다.

66) 葬: 저본에는 없으나 이본에 의거해 보충한다.

67) 玉: 저본에는 "寶"로 되어 있으나 이본을 따른다.

68) 名: 저본에는 없으나 이본에 의거해 보충한다.

69) 燮: 저본에는 "爕"으로 되어 있으나 이본을 따른다.

70) 竈: 저본에는 "寵"으로 되어 있으나 바로잡는다.

來學者.

　五月間, 夜刻短促, 僧徒誦經鷄鳴時.[71] 蠻娘供厨已熟, 僧徒誦經未已, 未行[72]食粥. 蠻娘坐待, 假寐於門閾間, 不意忘饑熟睡. 迨僧徒誦罷, 各歸本房. 蠻娘獨當門臥, 僧闍梨步過其身, 蠻娘歆然心動, 胞[73]裏受胎. 三四月間, 蠻娘有慙色而歸, 僧闍梨亦羞而去, 至三岐路江頭寺居之. 蠻娘滿月生[74]一女, 尋闍梨還之. 夜間闍梨將女[75]就三岐路江頭, 見榕樹枝葉茂盛, 有一蠹處深潔. 闍梨[76]付與曰: "我寄此佛子, 汝[77]藏之, 各成[78]佛道!" 闍梨、蠻娘將辭去,[79] 闍梨與蠻娘一杖曰: "我以此賜汝, 汝還見歲時大旱, 當以杖掉地出水, 以救生民." 蠻娘敬受而還, 復居本寺. 每遇歲旱, 常以此杖掉地, 自然水泉湧出, 民多賴之.

　時蠻娘已八十餘歲, 適樹摧倒, 流至寺前江濱, 盤旋不去. 人競斫爲柴, 斧斤一皆破缺. 乃相率鄕[80]里三百餘人曳之, 不動. 會蠻娘下濱洗手, 戲而撑之, 樹卽轉移, 衆皆驚異. 因使蠻娘曳之上岸, 令匠人分爲四段,[81] 以造[82]佛像四相. 逮斫樹中三岐[83]所藏女處, 已化一石甚堅, 匠之

---

71) 僧徒誦經鷄鳴時 : 저본에는 없으나 이본에 의거해 보충한다.

72) 行 : 저본에는 "暇"로 되어 있으나 이본을 따른다.

73) 胞 : 저본에는 "腹"으로 고쳤으나 원본을 따른다.

74) 生 : 저본에는 이 뒤에 "獲"이 더 있으나 이본에는 없는바 이를 따른다.

75) 尋闍梨還之. 夜間闍梨將女 : 저본에는 없으나 이본에 의거해 보충한다.

76) 就三岐路江頭~闍梨 : 저본에는 "就江頭三岐路樹下"로 되어 있으나 이본들을 교합했다.

77) 汝 : 저본에는 이 앞에 "與"가 더 있으나 이본에는 없는바 이를 따른다.

78) 成 : 저본에는 "戊"로 되어 있으나 바로잡는다.

79) 將辭去 : 저본에는 "相辭而去"로 되어 있으나 이본을 따른다.

80) 鄕 : 저본에는 "鄰"으로 되어 있으나 이본을 따른다.

81) 分爲四段 : 저본에는 없으나 이본에 의거해 보충한다.

82) 以造 : 저본에는 "造爲"로 되어 있으나 이본을 교합했다.

83) 岐 : 저본에는 "段"으로 되어 있으나 이본을 따른다.

斧斤盡缺. 投之淵中, 石放出光芒, 刻餘始沈, 匠人皆倒死. 咸請<u>蠻娘</u>來
禮拜, 借漁人入水取之, 迎入佛殿, 貼之以金而奉事之. <u>闍梨</u>始置佛像,[84]
名曰[85]<u>法雲、法雨、法雷、法電</u>. 四方祈禱, 無不應者. 皆呼<u>蠻娘</u>爲佛
母. 四月初八日, 無病而終, 葬于寺中. 人以此日爲佛生辰. 每年是月日,[86]
四方老少男女常聚此寺, 遊戲歌舞, 世呼爲'浴佛會', 至今猶存焉.

傘圓山傳

<u>傘圓山</u>在<u>南越國</u>[87]京城之西. 其山屹[88]立, 圓如傘形, 故名焉.
初<u>貉龍君</u>娶<u>嫗姬</u>, 生一胞百卵, 一卵一男. <u>龍君</u>將五十男歸海; 五十男
同<u>嫗</u>母分治天下, 號曰<u>雄王</u>. 而<u>傘圓</u>大王乃歸海五十男之一焉. 王自海國
由<u>神符海口</u>而歸, 尋高堁清幽之地、民俗淳樸之鄉而居之, 遂泝大江以
至<u>龍編城 龍肚</u>之地, 將欲留居, 有不滿之意.[89] 後泝<u>瀘江</u>而上, 至<u>福祿江</u>
畔<u>番津</u>, 望見<u>傘圓山</u>崇高秀麗, 三山羅立, 儼然如畫, 山下之人俗尙樸
素. 王於是開一條路, 其直如弦, 自<u>番津</u>, 向[90]<u>傘圓山</u>之陽, 行至<u>衛峒</u>,
又行至<u>岩泉</u>別源之處, 又行于<u>石畔, 上雲夢山</u>頭以居之. 或時遊<u>小昔江</u>以
觀魚. 凡經過村落,[91] 皆作殿宇, 以爲憩息之所. 後人因其跡, 乃立祠以

---

84) 像 : 저본에는 "相"으로 되어 있으나 이본을 따른다.

85) 曰 : 저본에는 없으나 이본에 의거해 보충한다.

86) 四方祈禱~每年是月日 : 저본에는 없으나 이본에 의거해 보충한다.

87) 國 : 저본에는 이 뒤에 "都"가 더 있으나 이본에는 없는바 이를 따른다.

88) 屹 : 저본에는 "屺"로 되어 있다.

89) 之意 : 저본에는 "處"로 되어 있으나 이본을 따른다.

90) 向 : 저본에는 이 앞에 "至"가 더 있으나 이본에는 없는바 이를 따른다.

奉祀之. 旱時禱, 療時祈, 禦大災, 捍大患, 捷於影響, 極爲靈應. 又晴明之日, 如有幡幢之狀, 縹緲山谷間, 附近之民, 咸謂之山神現.

唐 高騈在安南, 欲壓勝靈迹,[92] 剖十七八[93]未嫁之女, 去腸, 以惡草充其腹, 被以衣裳, 坐以凳[94]椅, 祭以牲牢, 伺其[95]擧動, 拔[96]劍斬之. 凡愚[97]諸神, 率用此術. 騈嘗以此薦[98]傘圓山王, 見王乘白馬於雲端, 唾之而去. 騈嘆曰: "南方靈氣未可量, 旺氣烏可絶也!" 其威靈顯應如此.

俗傳王與水精同娶雄王之女曰媚娘, 王備聘禮先至, 雄王嫁之. 王迎歸傘圓山. 水精後至, 乃啣怨, 率水族擊王以奪之. 王乃以鐵網橫截慈廉縣以遏之. 水精別開一小江, 自菈[99]仁江出喝江入沱[100]江, 以擊傘圓之後. 又岐開小昔江以向傘圓之前. 所至甘蔗、東樓、古弄、麻舍、浴江之峒, 陷[101]改爲灣, 以通水族之衆. 常起風雨晦冥, 引水以攻王. 山下人民見之, 卽編竹爲疎籬, 以遮護之; 擊鼓相舂, 大譟以救之. 每見梗[102]蓬流着疎籬之外, 輒射之, 中死盡成蛟龍魚鼈之屍, 流塞江河. 水精之衆, 屢敗而還, 然未嘗息怒, 遞年八九月間, 常有水溢,[103] 禾穀損害, 山下之人偏被其

91) 落: 저본에는 "路"로 되어 있으나 이본을 따른다.

92) 迹: 저본에는 "脈"으로 되어 있으나 이본을 따른다.

93) 八: 저본에는 "人皆"로 되어 있으나 이본을 따른다.

94) 凳: 저본에는 "登"으로 되어 있으나 이본을 따른다.

95) 伺其: 저본에는 "向能"으로 되어 있으나 이본을 따른다.

96) 拔: 저본에는 이 앞에 "則"이 더 있으나 이본에는 없는바 이를 따른다.

97) 愚: 저본에는 이 뒤에 "弄"을 첨가했으나 원본을 따른다.

98) 薦: 저본에는 "爲"로 되어 있으나 이본을 따른다.

99) 菈: 저본에는 "苙"로 되어 있으나 이본을 따른다.

100) 沱: 저본에는 "陀"로 되어 있으나 이본을 따른다.

101) 陷: 저본에는 "滔"로 되어 있으나 이본을 따른다.

102) 梗: 저본에는 "杖"로 되어 있으나 이본을 따른다.

害, 至今猶有之. 世人皆云: "山精、水精, 爭娶婦焉."

龍眼、如月二神傳

黎朝 大行皇帝 天福元年辛巳, 宋 太祖命將軍侯仁寶、孫全興等將兵南侵. 至大灘江, 黎 大行與將軍范巨倆軍于屠虜江以拒之, 對壘相守. 大行夜夢見二神人拜於江上曰: "臣兄弟一名張吼, 一名張喝, 先事趙越王, 常從征伐逆賊, 以有天下. 至後李南帝簒國, 聞臣兄弟之名而召之, 臣義不可往, 飲鴆而死. 上帝憫其有功, 嘉其忠義一節, 賜爲神部將官, 統領鬼兵. 今見宋兵入境, 爲我國生靈之苦, 故臣等來見, 願與帝共擊此賊, 以救生民." 大行驚悟, 謂侍臣曰: "此神助我也!" 卽御舶前, 焚香致敬,[104] 祝曰: "神人能助我, 成此功業, 則褒封血食, 萬世無窮." 遂宰牲牢致[105] 祭, 賜以衣冠、紙錢、象馬等物焚之. 是夜, 復夢見二神人共着所賜衣冠, 前來拜謝. 至後夜, 夢見一神人領白衣鬼部, 自平江南來, 一神人領赤衣鬼部, 由如月江而下, 並向賊營以擊之. 十月二十三日, 夜當三更, 天氣昏黑, 暴風疾雨大作, 宋兵驚潰. 神隱然立於空中, 高聲吟曰:

南國山河南帝居, 截然已定在天書.
如何[106]逆賊來侵犯? 汝等行看取敗虛.

---

103) 有水溢: 저본에는 "多溢水"로 되어 있으나 이본을 따른다.
104) 敬: 저본에는 "驚"으로 되어 있으나 바로잡는다.
105) 致: 저본에는 "至"로 되어 있으나 이본을 따른다.
106) 何: 저본에는 "今"으로 되어 있으나 이본을 따른다.

宋兵聞之, 躪藉四散, 各自奔逃, 生擒不可勝數. 宋兵大敗而還. 大行旋軍獻捷, 褒封二神人, 其弟曰威敵大王, 立祠于龍眼[107] 三岐江, 使龍眼[108]、平江之民奉祀; 其兄曰却敵大王, 立祠于如月, 使沿江之民奉事之, 至今猶存焉.

徐道行、阮明空傳

佛跡山 天福寺 道行禪師, 姓徐名路. 父榮仕[109]李朝, 爲僧官[110]都察. 常遊於安朗鄉, 娶曾氏, 因家焉. 路, 曾氏所生也. 少年遊俠, 倜儻有大志, 素與儒者費生、道士黎全義、伶人潘乙相友善. 夜卽刻苦讀書, 日則弄笛擊毬, 博戲爲樂. 父常責其荒怠. 一夕, 潛入臥內竊伺, 見燈火爛殘, 簡編堆積, 路方據案而睡, 手未釋卷. 由是不復爲慮. 後應僧試, 中白蓮科.

未幾, 其父榮與道人延成侯、謝大顚有隙. 大顚以邪術殺之,[111] 投屍于蘇瀝江. 屍流至決橋 大顚[112]家處, 忽立而指, 竟日不去. 家人[113]懼, 馳告大顚. 顚至, 倡云: "僧恨不構宿!" 屍應聲倒去.

路思復父讐, 計無從出. 一日, 伺顚出, 欲邀擊之, 俄聞空中喝[114]聲云: "止! 止!" 路懼, 捨杖而去. 欲往印[115]度國, 求[116]靈術以抗顚, 途

---

107) 眼 : 저본에는 "眠"으로 되어 있으나 바로잡는다.

108) 眼 : 저본에는 "眠"으로 되어 있으나 바로잡는다.

109) 仕 : 저본에는 없으나 이본에 의거해 보충한다.

110) 官 : 저본에는 "道"로 되어 있으나 이본을 따른다.

111) 與道人延成侯~邪術殺之 : 저본에는 "以邪術忤延成侯, 侯籍大顚禪師, 以法毆殺"이라 되어 있으나 이본을 따른다.

112) 大顚 : 저본에는 "侯"로 되어 있으나 이본을 따른다.

113) 家人 : 저본에는 "侯"로 되어 있으나 이본을 따른다.

114) 喝 : 저본에는 "唱"으로 되어 있으나 바로잡는다.

經金齒彎, 險阻而還. 乃隱於佛跡山岩內, 日常專持誦「大悲心經陀羅尼」呪, 滿十萬八千遍. 一日, 見神人來謂曰: "弟卽四鎭天王也, 感師持經功德, 故來相候, 以備指使."

路知道法已圓, 父讐可復. 親至決橋步頭, 試以所持杖投急流水中, 其杖逆水如龜行, 至西陽橋乃止. 路喜曰: "吾法乃勝顚矣!" 於是作藏形法,[117] 直至顚所, 見顚謂曰: "汝不記前日事耶?" 顚[118]仰視空中, 寂無所覩. 因毆而擊之, 顚發病而死. 自是宿怨雪盡, 俗慮灰寒, 徧歷叢林, 訪求印訣.

聞喬智玄於太平寺, 躬往參謁. 且問眞心, 偈云:

久混風塵未識金,[119] 不知何處是眞心.
願垂[120]指敎[121]開方便, 便見菩提[122]斷苦尋.

智玄答偈云:

五音[123]秘訣演眞金,[124] 個中滿月露禪心.

---

115) 印 : 저본에는 "功"으로 되어 있으나 이본을 따른다.
116) 求 : 저본에는 "來"로 되어 있으나 바로잡는다.
117) 於是作藏形法 : 저본에는 "乃"로 되어 있으나 이본을 따른다.
118) 顚 : 저본에는 "路"로 되어 있으나 이본을 따른다.
119) 金 : 저본에는 "音"으로 되어 있으나 이본을 따른다.
120) 垂 : 원본에 "求"로 되어 있는 것을 저본에서 "乘"으로 고쳤으나 이본을 따른다.
121) 敎 : 저본에는 "引"으로 되어 있으나 이본을 따른다.
122) 便見菩提 : 저본에는 "萬里如無"로 되어 있으나 이본을 따른다.
123) 五音 : 저본에는 "玉瓢"로 되어 있으나 이본을 따른다.
124) 金 : 저본에는 "音"으로 되어 있으나 이본을 따른다.

河沙竟是菩提道, 擬向菩提隔萬尋.

路茫然不契, 遂之<u>法範</u>於<u>崇雲會</u>下, 125) 問曰: "如何是眞心?" 範云:
"阿誰那個不眞心?"<u>路</u>豁然自得126), 云: "如何行住?"127) 範云: "饑,
食; 渴, 飲." <u>路</u>拜謝而去. 自是法力有加, 禪緣愈熟, 山蛇野獸, 群來馴
擾. 燃指禱霖, 呪水治病, 無不立驗. 有僧問: "行住坐臥, 盡是佛心?"
<u>路</u>示偈云:

作有塵沙有, 爲空一切128)空.
有空如水月, 勿着是空空.

又云:

日月出岩頭, 人人失火珠.
歸人有駒子, 129) 行步不騎駒. 130)

時<u>李朝 仁宗皇帝</u>未有皇嗣. <u>會祥</u>131)<u>大慶</u>三年三月, <u>清化</u>132)府人上言:
"<u>海濱沙洲</u>133)有靈異小童, 三歲解語, 自稱皇子, 134) 號爲<u>覺皇</u>, 陛下所

---

125) 之法範於崇雲會下 : 저본에는 "去之法雲崇範會下"로 되어 있으나 이본을 따른다.

126) 得 : 저본에는 "方"으로 되어 있으나 이본을 따른다.

127) 如何行住 : 저본에는 "如作成也. 是保住"라 되어 있으나 이본을 따른다.

128) 切 : 저본에는 "相"으로 되어 있으나 이본을 따른다.

129) 歸人有駒子 : 저본에는 "富有乘驢子"로 되어 있으나 이본을 따른다.

130) 駒 : 저본에는 "狗"로 되어 있으나 이본을 따른다.

131) 祥 : 저본에는 이 뒤에 "符"가 더 있다.

132) 化 : 저본에는 "花"로 고쳤으나 원본을 따른다.

爲, 無不知之." 帝使中使往視, 果如其言. 仍迎[135]歸京師, 居于報天寺.
蓋覺皇乃大顚之化生也. 帝以其聰明英異愛之, 欲立爲皇太子. 群臣相
諫, 以爲不可. 曰:"彼誠靈異, 必宜托生宮禁, 然後可也."帝從之. 遂設
大會七日夜, 行托胎法. 路聞之, 私謂娣曰:"彼兒妖怪, 惑人甚多. 吾
忍[136]坐視不救, 以簧[137]惑群心, 蠱亂正法耶?"因使其娣歸觀之, 密持
所結印數珠,[138] 插於詹上. 會至三日, 覺皇嬰[139]疾, 語人曰:"徧滿國
界, 鐵網羅罩, 托生無路矣!"言訖而亡.[140] 帝疑路解呪,[141] 命求之. 果
獲結印, 有路之名.[142] 命繫[143]於興聖樓, 會臣僚議罪. 崇賢侯(帝之弟)
適過,[144] 路哀訴曰:"願垂力以[145]救貧僧幸免, 異日寓胎宮中,[146] 以報
其惠."侯頷之. 及會議, 僉曰:"陛下以無[147]嗣故, 祈彼托生, 而路妄自
解呪,[148] 宜加大戮以謝天下." 侯獨奏曰:"覺皇設有神術, 雖有路解
呪,[149] 夫亦何害? 今反如此, 則路出覺皇遠矣. 臣愚竊謂與其罪路, 莫

---

133) 沙洲 : 저본에는 "汝州"로 되어 있으나 이본을 따른다.
134) 子 : 저본에는 "帝"로 되어 있으나 이본을 따른다.
135) 迎 : 저본에는 "仰"으로 되어 있으나 이본을 따른다.
136) 忍 : 저본에는 "苟"로 되어 있으나 이본을 따른다.
137) 簧 : 저본에는 "異"로 되어 있으나 이본을 따른다.
138) 珠 : 저본에는 "株"로 되어 있으나 이본을 따른다.
139) 嬰 : 저본에는 "癭"으로 되어 있다.
140) 言訖而亡 : 저본에는 없으나 이본에 의거해 보충한다.
141) 解呪 : 저본에는 "呪解"로 고쳤으나 원본을 따른다.
142) 命求之~有路之名 : 저본에는 "杖訊之, 果獲"으로 되어 있으나 이본을 따른다.
143) 繫 : 저본에는 "紊"으로 되어 있으나 이본을 따른다.
144) 過 : 저본에는 "遇"로 되어 있으나 이본을 따른다.
145) 以 : 저본에는 없으나 이본에 의거해 보충한다.
146) 寓胎宮中 : 저본에는 "托胎寓宮"으로 되어 있으나 이본을 따른다.
147) 無 : 저본에는 "乏"으로 되어 있으나 이본을 따른다.
148) 解呪 : 저본에는 "呪解"로 되어 있다.

若聽其托生." 帝乃原之. 路徑詣侯第告謝, 卽於夫人杜氏浴處逼視之. 夫
人大怒以告侯, 侯素知其意, 竟不之詰.[150] 夫人於是有娠, 路屬侯曰:
"他日夫人臨産時, 必先相告." 至[151]期産難, 後追念路前日之言, 使人馳
報. 路見報至, 乃澡身易服, 謂其徒曰: "吾夙因未了, 且復托生世間,[152]
暫爲國王, 及壽終時, 又爲三十三歲, 爲太子.[153] 若見其身殞壞, 則我入
泥洹,[154] 不住[155]生滅矣." 其徒聞之, 無不感泣. 路說偈云:

秋[156]來不報雁南[157]歸, 冷笑人間暫告悲.
爲報門人休眷戀, 古師幾度作今師.

言訖, 儼然而化.[158] 於是侯之夫人遂生子楊煥, 年甫三歲, 仁宗養之
宮中, 立爲皇太[159]子. 仁宗崩, 太子卽位, 是爲神宗, 乃路之化生也.
鄕中以其靈異, 納屍龕中奉事之, 其形今在國威府 安山縣 佛跡山 天福
寺巖中.

---

149) 解呪: 저본에는 "呪解"로 되어 있다.

150) 詰: 저본에는 "告"로 되어 있으나 이본을 따른다.

151) 至: 저본에는 이 앞에 "後二年, 夫人果有娠"이 더 있다.

152) 間: 저본에는 "聞"으로 되어 있으나 바로잡는다.

153) 三十三歲, 爲太子: 저본에는 "二十三年天子"로 되어 있으나 이본을 따른다.

154) 泥洹: 저본에는 "沱湟"으로 되어 있다.

155) 住: 저본에는 "復"로 고쳤으나 원본을 따른다.

156) 秋: 저본에는 "契"로 되어 있으나 이본을 따른다.

157) 南: 저본에는 "來"로 되어 있으나 이본을 따른다.

158) 儼然而化: 저본에는 "入巖中, 屍解而逝"로 되어 있으나 이본을 따른다.

159) 太: 저본에는 "太"가 하나 더 있다.

初長安 大黃[160]潭舍鄉[161]人阮至誠居國清寺, 號明空禪師. 少嘗遊學, 遇道行, 服膺道敎, 歷四十年. 道行壯其有志, 爲傳心印, 且賜名焉. 及道行將謝世, 謂明空曰: "昔吾世尊道果[162]圓成, 猶有金鎗之報, 況余法么[163]微, 豈能自保? 我今托生世間, 在人主位, 來生病債, 決定難逃, 於汝有緣, 但應相救." 及道行已化, 明空還故寺, 居二十餘[164]年, 不救聞達.

時李神宗忽嬰[165]奇疾, 憒亂心神,[166] 痛憤之聲, 噉唬可畏. 天下良醫應詔而[167]至者以千數, 皆縮手莫措. 時有小童謠曰: "欲蘇天子病, 須得阮明空." 乃遣使物色, 果得明空焉. 明空見使者至, 舟中棹卒衆多, 欲以蔬素爲食. 乃取飯一小鍋, 出與舟中棹卒同食, 乃示之曰: "子弟繁多, 恐不足, 爾等姑且食之." 由是棹卒凡數百人, 皆食不能盡. 食罷, 又示曰: "爾等且暫熟睡! 少頃須待潮漲, 我始發行." 棹卒從之, 皆于船上熟睡. 纔頃刻間, 歸船已至都下. 棹卒睡覺, 皆驚異.[168]

明空[169]旣至, 諸方碩望,[170] 已在殿上行法, 見明空樸陋, 蔑不加禮. 明空親把大釘長五寸許, 釘于殿柱, 抗[171]聲曰: "有能拔此釘者, 方得療病!" 如是再三, 人莫敢應. 明空再以左手兩指拈之, 釘卽隨出, 衆皆驚

---

160) 黃 : 저본에는 "潢"으로 되어 있으나 이본을 따른다.

161) 鄉 : 저본에는 없으나 이본에 의거해 보충한다.

162) 果 : 저본에는 "菓"로 되어 있으나 바로잡는다.

163) 么 : 저본에는 "玄"으로 되어 있으나 이본을 따른다.

164) 二十餘 : 저본에는 "十"으로 되어 있으나 이본을 따른다.

165) 嬰 : 저본에는 "瓔"으로 되어 있다.

166) 憒亂心神 : 저본에는 없으나 이본에 의거해 보충한다.

167) 而 : 저본에는 "面"으로 되어 있으나 바로잡는다.

168) 明空見使者至~皆驚異 : 저본에는 없으나 이본에 의거해 보충한다.

169) 明空 : 저본에는 없으나 이본에 의거해 보충한다.

170) 碩望 : 저본에는 "領旨"로 되어 있으나 이본을 따른다.

171) 抗 : 저본에는 "撫"로 되어 있으나 이본을 따른다.

服. 及入視帝疾. <u>明空</u>見帝, 卽厲聲曰：“大丈夫貴爲天子, 富有四海, 胡乃發以猖亂爲哉!”帝大驚慄. <u>明空</u>令取巨鑊,[172] 貯水鬻之. 旣百沸, 以手攪之數遍, 洒[173]帝身上, 其疾卽癒. 乃拜<u>明空</u>爲國師, 鐲戶數百以襃賞之. <u>大定辛酉</u>,[174] <u>明空</u>去世, 壽七十六歲.[175]

南詔傳

<u>南詔</u>者, <u>趙</u> <u>武帝</u> <u>佗</u>[176]之後也.

---

172) 鑊：저본에는 “護”로 되어 있으나 이본을 따른다.

173) 洒：저본에는 “酒”로 되어 있으나 바로잡는다.

174) 大定辛酉：저본에는 “太平辛丑”으로 되어 있으나 바로잡는다.

175) 歲：저본에는 없으나 이본에 의거해 보충한다. 그리고 저본에는 이 뒤에 아래의 글이 더 있지만 이 부분이 없는 이본도 있는바 이를 따른다.

　　又「<u>明空別傳</u>」云：<u>膠水鄉</u>有<u>空路寺</u>, 有僧名<u>明空</u>, <u>治平</u>間出家, 住持此寺, 以德行知名.
　　一日<u>明空</u>從外來, 其同房僧戲隱門內, 躍出作虎聲以怖<u>明空</u>, <u>明空</u>笑曰：“汝修行, 欲作虎耶? 吾當救汝.”後數年, 僧尋沒, 化爲國王<u>李氏</u>生世子, 年幾冠, 忽徧體生毛, 踴躍咆哮, 亞如虎形. 王廣求醫巫僧道, 皆莫能措手. 聞<u>明空</u>有法術, 遣人乘船來請. <u>明空</u>以堝炮炊飯, 欲食水手. 使者笑曰：“水手人多, 恐難徧及.”<u>明空</u>曰：“不然. 與衆少喫, 見我厚意.”由是棹卒四五十人食之, 終不能盡. 人皆奇之. 臨晩乘船, 又戒：“使者與水手皆熟睡一覺[宿], 待日出, 貧僧呼起, 方可開船. 不然, 我且不去.”使者懇請不得, 僵臥假寐, 但覺船下風聲冷[泠]然, 移時日出, 呼起, 其船已在都灣下泊矣. <u>明空</u>乃騰空入宮中, 煮水油以洗國王, 應手毛落, 體逐平復. 王問其故, 對曰：“修行人一念迷者, 懺洗而已, 無難也.”又問曰：“師何得神通而能空行?”曰：“非也. 臣宿有風疾, 發行不見果跡, 不知何者爲空, 乃信步耳, 非神通也.”乃復空行回去, 賜賚不受. 王乃賜號神僧襃之, 因<u>空路寺</u>名. 世子後爲王, 謚<u>神宗</u>. 時童謠曰：“異哉<u>李神宗</u>, 朝庭事莫通. 欲蘇天子病, 須得<u>阮明空</u>.”

176) 佗：저본에는 “陀”로 되어 있으나 이본을 따른다.

昔漢 武帝時, 趙丞相呂嘉不服漢庭, 而殺漢使安國少季等. 漢 武帝命路博德、楊僕等將兵伐之, 擒術[177]陽王 建德及呂嘉等而併其國, 分置守令.

趙氏旣亡, 其子孫各散之四方, 復會于神符、橫山空閑無人處, 造船駕海, 時或[178]突入境內, 劫掠海濱, 殺漢守令. 其民畏服, 稱爲南趙, 因訛爲南詔.

迨三國時, 吳王 孫權命戴良、呂岱等爲牧守以治之. 南詔[179]自天擒山幷[180]河華、高望、[181] 橫山、烏蹲[182]海岸、史部、長沙、桂堵、望蓋、[183] 磊雷等處, 山高海深, 波濤險阻, 寥無人跡, 南詔之衆據而居焉. 常以盜劫爲業, 攻殺守牧, 曾不能禁.[184] 其衆稍盛, 乃以財貨珠玉通于西婆夜國, 求爲親屬以相救助.

晉末, 天下大亂, 有土酋趙翁李亦趙武帝之後, 兄弟衆多, 勇力過人, 爲衆所服, 亦與南詔會衆, 合二萬餘人, 復以寶玉求通於西[185]婆夜國, 乞海邊隙地以居之. 時西[186]婆夜國命取海濱源頭相雜各半, 分爲二路, 上自夔州下至演州爲茹還路; 上自琴州下至驪州爲臨安路, 分與南詔, 翁李統治焉. 於是翁李[187]始築城於演州 高舍鄉, 東夾海, 西至婆夜國, 南至

---

177) 術 : 저본에는 "衛"로 되어 있다.

178) 時或 : 저본에는 없으나 이본에 의거해 보충한다.

179) 詔 : 저본에는 없으나 이본에 의거해 보충한다.

180) 幷 : 저본에는 없으나 이본에 의거해 보충한다.

181) 望 : 저본에는 "湟"으로 되어 있으나 이본을 따른다.

182) 蹲 : 저본에는 "特"으로 되어 있으나 이본을 따른다.

183) 蓋 : 저본에는 "盖"으로 되어 있으나 이본을 따른다.

184) 常以盜劫爲業~曾不能禁 : 저본에는 없으나 이본에 의거해 보충한다.

185) 西 : 저본에는 없으나 이본에 의거해 보충한다.

186) 西 : 저본에는 없으나 이본에 의거해 보충한다.

187) 翁李 : 저본에는 없으나 이본에 의거해 보충한다.

橫山, 自立爲王.

東晉時, 命將軍曹可將兵來攻. 翁李於源頭險阻伏象兵[188]擊之. 又出海外連山、末山[189]以避之, 彼聚則我散, 彼散則我聚, 朝出莫入, 往來四五年間, 未嘗交戟. 晉軍不耐嵐瘴,[190] 死亡過半, 乃退還.

南詔侵略長安都城各處, 守令不能制, 至唐愈盛. 懿宗命高駢征之, 亦不克而還.

五代 晉,[191] 石敬瑭[192]命司馬李進將兵三十萬餘攻于塗山, 南詔稍退, 遂附于哀牢邊地, 號頭模國, 今爲盆蠻[193]云. 常以掠略爲業, 時廢時止, 未曾弭息焉.[194]

蘇瀝江傳

唐 懿宗 咸通六年, 命高駢爲都護, 將兵討南詔. 遂置靜海軍於安南城, 以駢爲節度使.

駢通天文地理, 乃相地形, 築羅城於瀘江之西, 周三千步, 以居駐焉. 有小江從瀘江流入西北, 經過其南, 回抱羅城, 末流復入大江. 六月雨水漲溢, 駢乘輕舟, 順流入小江, 方里許, 忽見一老人鬢髮盡白, 容貌奇異,

188) 象兵 : 저본에는 "兵衆"으로 되어 있으나 이본을 따른다.
189) 海外連山、末山 : 저본에는 "連末山"으로 되어 있으나 이본을 따른다.
190) 瘴 : 저본에는 "障"으로 되어 있으나 바로잡는다.
191) 晉 : 저본에는 "後"로 되어 있으나 이본을 따른다.
192) 瑭 : 저본에는 "唐"으로 되어 있다.
193) 盆蠻 : 저본에는 "貧忙"으로 되어 있으나 이본을 따른다.
194) 常以掠略爲業~未曾弭息焉 : 저본에는 없으나 이본에 의거해 보충한다.

游浴於江中, 笑語怡然. 駢問:"叟姓名爲誰?"老人對曰:"我姓蘇名瀝."
駢復問:"叟家何在?"老人對曰:"在此江中."言訖, 江水[195]晦冥, 忽然
不見. 駢知是神人, 乃名其江爲蘇瀝江. 一日方早, 高駢出立于羅城之東
南, 瀘江之畔望焉. 江中大風忽起, 波濤洶湧, 雲霧昏曀, 有異人立於水
上高二丈餘, 身着黃衣, 頭戴紫冠, 手持金簡, 空中光彩升降飛揚. 日上
三竿, 雲氣未散, 其形尚在. 駢甚驚異, 欲壓之.[196] 夜夢見神人告曰:
"勿壓我! 我是龍肚之精, 地靈之長. 君來築城于玆, 未得相遇, 故來見
耳. 雖壓何憂!"駢驚覺. 明日設壇行醮, 以金銀銅鐵爲符, 誦呪三晝夜,
坑符壓之. 是夜, 電雷轟會, 風雨大作, 頃刻之間, 復見金銀銅鐵之符盡
出地上, 化成灰燼, 飛去散盡. 駢嘆曰:"此處旣有靈異之神, 不可久留,
以取凶禍. 我當急歸北矣!"

後懿宗召駢還, 果被戮, 乃以高鄩代治之.

楊空路、阮覺海傳

海淸(陳 太宗爲決淸郡, 今天長府)[197]嚴光寺 空路禪師姓楊氏, 乃海淸
人也. 世業于漁釣, 師捨其業而僧焉. 常居伽持『陀羅尼門經』. 彰聖嘉慶
中, 與覺海爲道友, 潛至荷[198]澤寺棲[199]焉. 草衣木食, 殆忘其身; 外絶

---

195) 江水 : 저본에는 "拍手"로 되어 있으나 이본을 따른다.

196) 欲壓之 : 저본에는 "尤欲壓之而未果"로 되어 있으나 이본을 따른다.

197) (陳太宗爲決淸郡, 今天長府) : 저본에는 이를 교감기(校勘記)에서 언급하고 있으나
원본에 따라 이곳에 둔다.

198) 荷 : 저본에는 "芐"으로 되어 있으나 이본을 따른다.

199) 棲 : 저본에는 이 뒤에 "踪"이 더 있으나 이본에는 없는바 이를 따른다.

馳[200]求, 內修禪定; 心神耳目, 日覺爽然, 便能飛空履水, 伏虎降龍, 萬怪千奇, 人莫之測. 後尋歸故鄉, 創寺居之.

一日, 有侍者啓云: "某自到來, 未蒙指示心要, 敢呈偈!"[201] 云:

鍛練心身始得淸, 森森直幹對虛靈.
有人來問空空法, 身坐[202]屛邊影集形.

師覺之曰: "汝從山來, 吾爲汝接; 汝從水來, 吾爲汝受.[203] 何處不與汝心要?"[204] 乃呵呵大笑.

師嘗說偈,[205] 云:

擇[206]得龍蛇地可居, 野情[207]終日樂無餘.
有時直[208]上孤峯嶺, 長嘯一[209]聲寒太虛.

會祥符大慶(李仁宗年號)十年己亥六月初三日示寂. 門人收舍利,[210]

---

200) 馳: 저본에는 "池"로 되어 있으나 바로잡는다.

201) 偈: 저본에는 "偈"으로 되어 있으나 바로잡는다.

202) 坐: 저본에는 "在"로 고쳤으나 원본을 따른다.

203) 汝從山來~吾爲汝受: 저본에는 "汝將由來, 汝將經來; 吾爲汝授, 吾爲汝愛"로 되어 있으나 이본을 따른다.

204) 要: 저본에는 "願"으로 되어 있으나 이본을 따른다.

205) 偈: 저본에는 "偶"로 되어 있으나 이본을 따른다.

206) 擇: 저본에는 "選"으로 되어 있으나 이본을 따른다.

207) 情: 저본에는 "修"로 되어 있으나 이본을 따른다.

208) 直: 저본에는 "宜"로 되어 있으나 이본을 따른다.

209) 一: 저본에는 "三"으로 되어 있으나 이본을 따른다.

210) 利: 저본에는 이 뒤에 "函"이 더 있으나 이본에는 없는바 이를 따른다.

葬于寺門. 有詔廣修其寺, 蠲戶二千以奉香火.

　覺海禪師亦海清人也, 居本郡延福寺, 姓阮氏. 初慕釣魚, 常以漁[211]
艇爲家, 浮游江海. 年二十五始捨漁業, 落髮爲僧. 初與空路俱居荷澤
寺.[212] 尋爲空路法嗣.[213] 後復居于本鄕延福寺, 逍遙獨樂, 不求于人,
寺中所有, 隨時取用, 以爲伊蒲之具.[214]
　李仁宗時, 常與通玄眞人召入蓮薨宮 涼石寺[215]侍坐, 忽有蛤蚧對鳴,
聒耳可惡. 帝命玄以法止之. 玄默呪, 先墜其一. 帝笑謂覺海曰: "尙留一
個, 與沙門." 師卽呪. 少頃, 其一亦墜. 帝異之, 作讚曰:

　覺海心如海, 通玄道亦玄.
　神通能變化, 一佛一神仙.

　師由是馳名天下, 僧徒傾問. 帝以師禮待之, 每駕幸海清行宮, 必先詣其寺.
　一日, 帝謂師曰: "應眞定神, 可得聞乎?" 師乃作八變通, 其身凌空,
去地數丈, 俄而復下.[216] 帝與群臣皆合手稱嘆. 於是賜肩輿, 异出闕庭.
洎神宗朝, 累召赴京, 辭以老病, 不就.
　或問: "佛與衆生, 誰賓誰主?" 師示以偈云:

---

211) 漁 : 저본에는 "魚"로 되어 있으나 이본을 따른다.

212) 荷澤寺 : 저본에는 "荇澤"으로 되어 있으나 이본을 따른다.

213) 尋爲空路法嗣 : 저본에는 없으나 이본에 의거해 보충한다.

214) 復居于本鄕~伊蒲之具 : 저본에는 "尋歸海淸"으로 되어 있으나 이본을 따른다.

215) 寺 : 저본에는 없으나 이본에 의거해 보충한다.

216) 下 : 저본에는 "舊"로 되어 있으나 이본을 따른다.

不覺[217]你頭白, 報你作老客.
若問佛境界, 龍門遭點額.

及將告寂, 復示偈云:

春來花蝶善[218]知時, 花蝶應須便應期.
花蝶本來皆[219]是幻,[220] 莫將[221]花蝶向心持.

是夜, 有大星墜方丈室[222]東南隅. 詰[223]旦, 師端坐而逝. 詔蠲戶三千以奉香火, 官其子二人以褒賞.

何烏雷傳

陳 裕宗 紹豐年間, 麻羅鄉人鄧士瀛爲安撫使, 奉命往使北國. 其妻武氏在家. 本鄉有神祠名麻羅神, 夜夜化作士瀛, 其容貌行止, 類若士瀛, 入武氏房中, 與之通淫, 黎明卽去, 不知何之. 後夜武氏問曰: "府君已奉[224]命北使, 如何夜夜得還, 而畫則不見?" 神詐曰: "帝已差他官北使,

217) 不覺 : 저본에는 "個角"으로 되어 있으나 이본을 따른다.
218) 善 : 저본에는 "喜"로 되어 있으나 이본을 따른다.
219) 皆 : 저본에는 "留"로 되어 있으나 이본을 따른다.
220) 幻 : 저본에는 "約"으로 되어 있으나 이본을 따른다.
221) 將 : 저본에는 "言"으로 되어 있으나 이본을 따른다.
222) 室 : 저본에는 "空"으로 고쳤으나 원본을 따른다.
223) 詰 : 저본에는 "諂"로 되어 있으나 이본을 따른다.

而使吾侍左右，與帝圍棋，不許出外．我念夫婦之情，故暗夜偸還，與汝以瀉恩愛，明旦急趨入朝，不敢久居．"鷄鳴復出，<u>武氏</u>情猶疑之．

期年，<u>土瀛</u>使回，<u>武氏</u>胎已滿月．<u>土瀛</u>具狀[225]奏聞，下<u>武氏</u>獄．帝夜夢一神人來奏曰："臣<u>麻羅神</u>，其妻<u>武氏</u>已有孕，被<u>土瀛</u>爭之．"帝驚覺，明日命獄官將<u>武氏</u>就御前，訊[226]其事由．帝卽判曰："妻還<u>土瀛</u>，子還<u>麻羅神</u>！"

越三日，<u>武氏</u>生一黑胞，破得一男，[227] 皮膚如墨．至十三歲，以神無姓，命姓<u>何</u>，[228] 名曰<u>烏雷</u>．色雖黑如漆，而肌潤如膏．十五歲，帝召入侍，甚寵愛之，賜爲賓客．

一日，<u>烏雷</u>出遊，遇<u>呂洞賓</u>．<u>洞賓</u>問曰："好兒郎意欲何求？"<u>烏雷</u>曰："當今天下太平，國家無事，視富貴如浮雲耳，止欲聲色以娛耳目而已．"<u>洞賓</u>笑曰："爾之聲色，得失相當，名留于世．"因使<u>烏雷</u>開口，[229] <u>烏雷</u>張口以示之，<u>洞賓</u>唾入，使吞之，乃騰空而去．自是<u>烏雷</u>雖不識字，而敏捷便佞，多有過人，詞章詩賦，歌謠吟唱，諷詠之聲，嘲風弄月，遏梁遏雲，人人自樂聞之．至於婦人女子，尤加悅焉，咸欲覩其面．帝嘗命于朝曰："如見<u>烏雷</u>奸犯誰家婦女，應將來帝前，謝錢一千貫．若私殺傷[230]者，倍償一萬．"

帝屢與之從遊．時有<u>仁睦鄕</u>宗室貴人[231]郡主名<u>婀金</u>，年二十三歲，其夫早亡，孀居，顏色艷麗，絶美無雙．帝悅之，求幸不得．帝常恨之，謂

---

224) 奉：저본에는 "逢"으로 되어 있으나 이본을 따른다.
225) 狀：저본에는 "本"으로 되어 있으나 이본을 따른다.
226) 訊：저본에는 "釋"으로 되어 있으나 이본을 따른다.
227) 男：저본에는 이 뒤에 "一子"가 더 있으나 이본에는 없는바 이를 따른다.
228) 以神無姓，命姓何：저본에는 없으나 이본에 의거해 보충한다.
229) 口：저본에는 이 뒤에 "試觀"이 더 있다.
230) 傷：저본에는 없으나 이본에 의거해 보충한다.
231) 人：저본에는 없으나 이본에 의거해 보충한다.

烏雷曰: "爾行何計得之?" 對曰: "臣願用力一年爲期. 如不見臣來,[232] 是謀不成, 臣[233]已死矣." 拜辭而去.

歸家, 放卻衣裳, 浸于泥潭,[234] 暴於暑雨以致醜陋. 因着布袴, 託爲牧馬奴, 取鎌一[235]件, 竹籠一雙, 檳榔一封, 擔就郡主門外. 以檳榔一封[236]賂閽童, 乞入園中[237]刈草. 閽童與之入. 時五六月間, 茉莉花[238]方盛, 烏雷一切刈盡, 納諸籠[239]中. 侍婢見園花[240]已盡, 呼令縛之. 執得三日, 無人承認. 因問之曰: "汝何家奴? 胡不見主人來贖?" 烏雷曰: "僕是漂泊人, 無父母家主, 常從倡兒傭擔求食. 昨見一官人繫馬于城南門外, 馬飢無草, 家童雇錢五文, 使刈草一擔. 僕喜得錢而爲刈草, 不識茉莉[241]花爲何等物, 疑是草也. 今無以償之, 願入爲奴, 以償此債." 留之月餘, 主家奴婢見飢渴, 與之飲食. 夜間常歌唱, 與閽童遊, 主家奴婢以至內侍姬媵, 聞其歌聲, 咸樂聽之.

一夜, 過[242]黃昏時, 不見點燈, 郡主暗坐, 左右無人. 主大怒, 呼侍婢來前, 責以廢役不恭之罪, 欲箠楚降黜之. 侍婢皆頓首謝曰: "臣等聞刈草奴歌唱之聲, 心甚愛悅,[243] 樂而忘返, 不意廢役至此, 箠楚降黜之罪

---

232) 臣來 : 저본에는 "面"으로 되어 있으나 이본을 따른다.

233) 臣 : 저본에는 이 앞에 "則"이 더 있으나 이본에는 없는바 이를 따른다.

234) 潭 : 저본에는 "滓"로 되어 있으나 이본을 따른다.

235) 鎌一 : 저본에는 "一鎌"으로 되어 있으나 이본을 따른다.

236) 以檳榔一封 : 저본에는 없으나 이본에 의거해 보충한다.

237) 園中 : 저본에는 "主園"으로 되어 있으나 이본을 따른다.

238) 茉莉花 : 저본에는 "茉藜花園"으로 되어 있으나 이본을 따른다.

239) 籠 : 저본에는 "擔"으로 되어 있으나 이본을 따른다.

240) 園花 : 저본에는 "花園"으로 되어 있으나 이본을 따른다.

241) 茉莉 : 저본에는 "茉藜"로 되어 있으나 이본을 따른다.

242) 過 : 저본에는 "遇"로 되어 있으나 이본을 따른다.

243) 心甚愛悅 : 저본에는 없으나 이본에 의거해 보충한다.

是甘!"郡主置之不問.

時夏熱. 夜[244]初更, 郡主與衆[245]婢間坐庭中, 迎風玩月, 以爲勝賞.
俄聞烏雷歌聲, 隔壁靜聽, 怳若鈞之節調, 殊非世上之聲音, 精神融會,
情思悽愴, 尤愛悅焉. 遂遣侍婢將烏雷, 入爲家童, 備在左右差使, 漸爲
密近之奴, 常令吟詠以舒鬱結之情. 烏雷乘此益勤奔走, 服勞於役. 郡主
愈加信寵, 以爲客兒, 晝則侍從左右, 夜則執燈以侍立, 時使歌唱, 聲音
徹于內外. 郡主爲之感動, 逐成幽抑之疾.

累至三四月, 其疾轉加, 婢媵服事, 久而疲勞, 夜深熟睡, 郡主呼之,
無人覺起, 惟一烏雷, 夜入侍疾逼近. 郡主眞情難禁, 謂烏雷曰: "自爾來
玆, 爲爾聲音, 使我成疾." 遂與烏雷交通, 其疾稍愈. 是後, 情愛日密,
至忘妍醜之態, 無復顧各, 欲以田地與烏雷爲莊宅. 烏雷曰: "臣本無家
住, 今遇郡[246]主, 眞是天仙, 臣之福也. 臣不願田地及金銀珠寶, 願得郡
主進朝積金粧玉之冠, 試之一戴, 死亦[247]瞑目矣." 積[248]金粧玉冠, 乃
先帝所賜, 使之進朝賀之禮, 至是亦與之不惜也.

烏雷得冠, 乃暗行巫歸, 戴而見帝. 帝見之甚喜, 卽命召郡主進朝. 烏
雷戴粧玉冠侍立. 帝問曰: "曾識烏雷否?" 郡主顧之慚.

時烏雷有國語詩云:

夈尼槂旦嗔亣碎, 台宁字天緣底叱雷.[249]

---

244) 夜: 저본에는 이 뒤에 "間"이 더 있으나 이본에는 없는바 이를 따른다.

245) 衆: 저본에는 이 뒤에 "侍"를 첨가했으나 원본을 따른다.

246) 郡: 저본에는 "郞"으로 되어 있으나 바로잡는다.

247) 亦: 저본에는 없으나 이본에 의거해 보충한다.

248) 積: 저본에는 이 앞에 "郡主"를 첨가했으나 원본을 따른다.

249) 夈尼~叱雷: 저본에는 "我今委身充奴僕, 惟願天緣屬雷福"이라는 한역(漢譯)을 제

自此名聞天下. 王侯家女, 常譏笑之. 有國語詩云:

霜雪油莊院特近, 度匙清貴儉之趴.
於爲聲色缄醒虺, 可惜朱麻吏可唭.[250]

雖有詩鄙之, 然常爲聲色所牽, 避不能得, 更與之私通. 人人不敢搏
筮, 蓋懼前詔旨, 追償錢故也.
後乃私通明威王家嫡女, 拘獲未殺. 翌日, 明威王進奏: "烏雷夜入臣
家, 黑白難辨, 業已格殺, 請命謝錢若干進納." 帝不知其未殺, 卽判云:
"登時格殺, 勿論." 時徽慈皇后乃明威王之親姊,[251] 故帝亦不着意. 明威
王歸而杖之, 不死, 卽以杵[252]搞殺. 烏雷將死, 有國語詩云:

生死羅歪渚管包, 男兒免特啫英豪.
托皮聲色甘羅托, 托黨市缄粗秸芇.[253]

又曰: "昔呂洞賓告我曰: '爾之聲色, 得失相當', 其言驗矣!"

시해 놓았으나 원본을 따른다. 단 원본에는 "尼"가 "它"로, "吒雷"가 "把爛"으로 되어 있으
나 이본을 따른다. 또 원본에는 "苧"가 "苧"로 되어 있다.

250) 霜雪~可唭: 저본에는 "霜雪雖未能全保, 高潔純眞不讓仁. 沈湎只因聲色好, 實乃
堪笑復堪悲"라는 한역(漢譯)을 제시해 놓았으나 원본을 따른다.

251) 姊: 저본에는 없으나 이본에 의거해 보충한다.

252) 杵: 저본에는 "杆"으로 되어 있으나 이본을 따른다.

253) 生死~秸芇: 저본에는 "男兒但求英名在, 生死由天無須悲. 寧爲聲色輕生死, 豈可
捐軀爲糟糠"이라는 한역을 제시해 놓았으나 원본을 따른다. 단 원본에는 "羅"가 "丼"로,
"粗秸"가 "紺浩"로 되어 있으나 이본을 따른다. 또 원본에는 제1구에 "渚"가 없으나 보충
한다.

夜叉王傳

昔在上古時，南越 甌貉國之外有妙嚴國，國王號夜叉王(一曰長明王，一曰十頭王)．其國北接狐孫精國．狐孫精國王曰十車王，太子曰微姿．微姿之妻曰白淨后娘，容貌美麗，世所罕有．夜叉聞而悅之，乃率衆攻圍狐孫精國，擒[254]得白淨后娘[255]以歸．微姿怒，遂領獼猴之衆，移山塞海，盡爲平路，攻破妙嚴國，殺夜[256]叉王，復取白[257]淨后娘而還．蓋狐孫精國，乃獼猴之精，今占城國是也．[258]

---

254) 擒：저본에는 "接"으로 되어 있으나 이본을 따른다.

255) 娘：저본에는 없으나 이본에 의거해 보충한다.

256) 夜：저본에는 없으나 이본에 의거해 보충한다.

257) 白：저본에는 없으나 이본에 의거해 보충한다.

258) 蓋狐孫精國～是也：저본에는 이 부분이 주(註)로 되어 있으며, "蓋狐孫精國"이 "蓋狐孫屬類"로 되어 있다.

附錄

『嶺南摭怪列傳』序[1]

嗚呼! 常情之傳, 皆載諸經史, 流傳後世以勸誡世人; 怪誕之傳, 又載諸傳奇, 以廣異聞. 故虞、夏、商、周之傳, 皆載于『書』, 漢、唐、宋、元之傳, 亦明載于史, 至如老者游河渚、龍尾劃而地分、擊壤道中、雀銜丹書等事, 皆有傳奇以補缺遺. 『漢武帝內傳』、唐 天寶逸事, 宋代見諸朝堂之中、村野之外各傳, 豈不包括載錄一代奇聞怪事之傳, 以便觀覽乎?

我越國于十二使君之前, 文獻尚未昌明, 然國家之事迹, 常見于涑水『通鑑』與歷代史書之中. 至若山川人物之奇, 雖不見諸史册, 然口碑不訛, 後世博學之士, 采編成傳, 共得多篇, 摭拾零星之事以補缺遺. 在此高超怪異之事中, 仍存事關重要者.

嗚呼! 天遣玄鳥降世而生商王, 則必有百卵孵生, 子孫分治南國, 鴻厖氏之傳不可無. 寧爲鷄口, 勝爲牛後, 故趙氏子孫反抗北朝, 「南詔傳」不

---

1) 序 : 저본에는 "跋"이라는 제목으로 실려 있지만 착오이기에 "序"로 바로잡는다.

可不觀. 水流彎曲而滙聚成神龍, 「蘇瀝江傳」豈不爲京都之形勝增艷乎? 戰勝而不隱藏弩機之密, 「金龜傳」豈非箴砭安陽王忘此危機乎? 爲民除害, 必有「魚精」、「狐精」、「木精傳」之明載. 盡臣子之道, 必有「蒸餅」、「龍眼」、「白雉傳」之詳述. 董王、翁仲因蕩寇保國而威名顯赫. 西瓜、檳榔以爲民生財而著稱. 「一夜澤」、「越井崗傳」, 因做陰施陽報之善事, 取此以勸世. 「何烏雷」、「夜叉王傳」, 因好淫而害身、失國, 以此以戒衆. 至若傘圓[2]抗災有功, 彎娘祈雨靈應, 徐道行報父仇、阮明空治愈王病, 楊孔路、阮覺海有法道,[3] 使龍降、蜥蜴落, 皆已顯示法術之精巧. 雖此等事乃不常見之故事, 然踪迹尚存, 今提出宣揚之, 豈非應做之事乎? 然知傘圓神乃嫗姬之子孫, 董天王乃龍君所托世, 李翁仲僞裝腹瀉而死, 愚竊以爲不當. 古傳云: "伊尹以割烹而要湯王, 百[4]里奚以五羊之皮而要穆公." 若無[5]孟子竭力辯駁, 此二人必沾汚名矣! 況傘圓乃浩然之神, 董天王乃天將, 李翁仲乃一時豪傑之士, 焉能爲傳中所云乎?

故愚旁考他書, 附以己見, 改而正之, 辨證于旣往, 解嘲于將來, 删繁就簡, 以便中笁觀覽. 祈博雅諸君子恕此冒昧[6]之罪.

洪德二十四年癸丑孟秋, 乙未科進士喬富好禮謹志.

---

2) 圓: 저본에는 이 뒤에 "傳"이 더 있다.

3) 道: 저본에는 "迫"으로 되어 있다.

4) 百: 저본에는 "佰"으로 되어 있다.

5) 無: 저본에는 "元"으로 되어 있다.

6) 昧: 저본에는 "眛"로 되어 있다.

해 설

:

남국의 기이한 이야기책『영남척괴열전』

남국의 기이한 이야기책 『영남척괴열전』

1. 『영남척괴열전』의 중편자(重編者) 무경(武瓊)

『영남척괴열전』(嶺南摭怪列傳, 이하 '영남척괴'로 약칭함)은 베트남의 신화와 전설을 수록한 책이다. '영남'이란 베트남을 가리키고, '척괴'란 괴이한 이야기를 모은 것이라는 뜻이며, '열전'이란 여러 사람의 전기(傳記)를 차례로 서술해 놓은 것을 이르는 말이다. 요컨대 베트남의 기이한 이야기를 열전 식으로 서술해 놓은 책이라는 뜻이다.

이 책의 저자와 저작 연대는 미상이다. 대체로 14세기 후반경 베트남의 역사와 문화에 깊은 관심을 지닌 어떤 문인·지식인이 편찬한 책이 아닐까 추정된다. 14세기 후반이면 베트남 왕조로는 진조(陳朝, 1225~1400) 후기에 해당한다.

이 책은 처음 성립된 후 이런저런 경로로 유포되다가 한 필사본이 무경〔武瓊, 1452(3?)~1516〕이라는 사람의 손에 들어갔다. 1492년의 일이다. 무경은 병부 상서(兵部尙書), 국자감 사업(國子監司業), 국사관 도총재(國史館都總裁) 등을 역임한 저명한 인물이다. 그는 문필 활동을 활발히 하여 역사서인『대월통감통고』(大越通鑑通考) 26권, 수학책인 『산법대성』(算法大成), 시집인『소금』(訴琴) 등을 저술하였다.

무경은『영남척괴』를 읽고 큰 흥미를 느꼈던 듯하다. 그리하여 그 속에 보이는 틀린 글자들을 바로잡고 책의 체재를 정비한 다음 자신이 쓴 서문을 얹었다. 무경이 입수한 필사본의 책 이름이 어떠했는지는 알 수 없으나, '영남척괴열전'이라는 책 이름은 이때 무경이 부여한 것 이다.

여기서 잠시 무경이 살았던 시대에 눈을 돌려본다. 당시 베트남은 여 조(黎朝, 1428~1788) 초였다. 여조는 명(明)나라의 식민 지배를 물리 치면서 성립된 왕조다. 무경은 여조가 들어선 지 25년 후에 태어나 성 종(聖宗, 재위 1460~1497) 때 관계(官界)에 진출했다. 성종은 베트남 역사상 탁월한 군주로 손꼽힌다.[1] 그는 대내적으로 여조의 제반 제도적 기반을 확립했으며, 대외적으로는 영토를 확장했다. 성종은 또한 민족 문화의 진흥에도 힘을 쏟았다. 그리하여 그 치세 중에『대월사기전서』 (大越史記全書)가 완성되었고(1479), 백과사전인『천남여가집』(天南 餘暇集)이 편찬되었다. 이는 모두 국가적 사업의 결과였다.

무경의『영남척괴』편정(編定)은 바로 이러한 시대적 분위기, 즉 자 국의 역사와 문화에 대한 주체적 인식이 고조된 성종조의 분위기 속에 서 이루어진 것이라 할 수 있다.

---

1) 이하 성종(聖宗)과 관련한 서술은 유인선,『베트남史』(민음사, 1984), 163~167면 참조.

2. 무경 이외에 『영남척괴열전』을 개찬하거나 증보한 이들

무경이 『영남척괴』에 붙인 서문에 보면 이런 말이 나온다.

(1) 이 책이 어느 시대에 만들어졌고 누구에 의해서 이루어졌는지는 알 도리가 없다. 생각건대 이조(李朝)와 진조(陳朝)의 홍생석유(鴻生碩儒)에 의해 처음 만들어진 후 지금의 호고박아(好古博雅)한 군자에 의해 윤색된 것이 아닐까 한다.

(2) 나는 홍덕(洪德) 임자년(壬子年, 1492) 봄에 처음 이 책을 얻어 펼쳐 보았는데 글자의 착오가 없지 않았다. 이에 나는 나의 고루함을 잊고서 교정(校正)하는 작업을 하여 책을 두 권으로 만들고 책 이름을 '영남척괴열전'이라고 했으며, 집에 간직하여 읽을거리로 삼고자 했다. 정정(訂正)하고 윤색함으로써 사적이 자세해지고 문장이 아담해지며 표현이 정확해지고 의미가 심원해지게 만드는 일은 어찌 뒤에 올 호고 군자(好古君子) 중에 그 일을 할 사람이 없겠는가!

(1)에서 "지금의 호고박아한 군자에 의해 윤색" 운운한 대목은 주목을 요한다. 무경은 『영남척괴』의 최초의 저작자는 모른다고 했지만 자기 시대로부터 그리 멀지 않은 시점에 이미 누군가가 원래의 텍스트에 손을 댄 것으로 보고 있기 때문이다. 그러니까 최초의 저자와 중편자 무경의 중간에 윤색자가 존재한다는 말이다. 다음 기록들을 통해 이 윤색자의 실체를 뚜렷하게 포착할 수 있다.

(3) 나는 홍순(洪順, 1509~1516) 연간에 사관(史館)에 들어가 옛
일을 서술하고자 하는 뜻을 품었는데 늘 내각(內閣)의 장서가 전쟁으로
인해 없어진 것이 많음을 유감으로 생각하였다. 그리하여 고작 오사련
(吳士連)의 『대월사기전서』(大越史記全書), 반부선(潘孚先)의 『대월사
기』(大越史記), 이제천(李濟川)의 『월전유령』(越甸幽靈), 진세법(陳世
法)의 『영남척괴』… 등등을 열람할 수 있었을 뿐이다.

(4) 전해듣기로 『영남척괴』는 진세법(陳世法)의 작(作)이라 한다.

(3)은 1520년에 이루어진 등명겸(鄧鳴謙)의 『월감영사시집』(越鑒咏
史詩集) '범례'(凡例)에 보이는 말이고, (4)는 여귀돈(黎貴惇, 1726~
1784)의 『견문소록』(見聞小錄)에 보이는 말이다. 이들 기록에 등장하
는 진세법은 『영남척괴』의 최초의 저자는 아니며, 무경에 앞서 『영남척
괴』에 손을 댄 인물로 보인다. 무경에 앞서 『영남척괴』를 수개(修改)한
사람이 진세법 말고 또 있는지는 확인되지 않지만, 중국의 다이커라이
(戴可來) 교수는 더 있을 것이라는 견해를 제기한 바 있다.2)
다시 인용문 (2)를 주목하기로 한다. 이 자료는 무경이 한 일의 성격
을 구체적으로 밝히고 있다. 그에 의하면 무경은 『영남척괴』에 보이는
잘못된 글자들을 바로잡는 일에 그쳤으며, 문장을 고친다거나 표현을
다듬는다거나 내용을 고치는 따위의 일은 하지 않았다. 이런 신중한 태
도는 역사가로서의 그의 면모를 보여주는 것이라 할 만하다. 그러면 무
경 이후에 『영남척괴』를 개찬하거나 증보한 사람은 누구인가?

---

2) 戴可來, 「關于嶺南摭怪的編者、版本和內容」, 『嶺南摭怪等史料三種』(戴可來·楊保筠
校注, 鄭州 : 中州古籍出版社, 1991), 259면.

우선 교부(喬富, 1446~?)를 꼽을 수 있다. 그는 자(字)가 호례(好禮), 호(號)가 영산(寧山)이며 홍덕(洪德) 6년(1457)에 진사시(進士試)에 합격한 인물이다. 교부는 무경이『영남척괴』를 중편(重編)한 지 1년 후인 1493년에 다시『영남척괴』를 개찬하는 작업을 한 다음 그 책에 서문을 붙였다. 그 서문에는 다음과 같은 말이 보인다.

(5) 산원산 신령이 구희의 자식이라고 한 것, 동천왕을 용군이 세상에 현신한 것이라고 한 것, 이옹중이 설사병으로 죽었다고 중국에 거짓말을 했다는 것 등등은 내가 보기에는 타당치 않다고 생각된다. … 산원산 신령은 아득한 신령이고, 동천왕은 하늘이 내린 장수이며, 이옹중은 한 시대의 호걸이거늘 어찌 이야기에서 말한 대로이겠는가?
이 때문에 나는 다른 책을 두루 참고하고 내 견해를 첨부하여 글을 개정(改正)했으며 이전 글의 잘못됨을 밝혀 뒷사람의 조롱을 면하고자 했다. 그리고 번잡한 것을 깎아 버려 간명한 글이 되게 함으로써 읽기에 편하게 했다. 아무쪼록 학식이 높은 여러 군자들은 나의 무모함을 용서하기 바란다.

이 인용문에서 알 수 있듯 교부는 무경과 달리 자못 과감한 태도로 『영남척괴』의 일부 내용을 고치고, 문장을 다듬었다. 다이커라이 교수는 교부의 이런 작업이 무경의 작업에서 진일보한 것이며, 미완성이던 무경의 작업을 완성시킨 것이라고 평가하고 있으나,[3] 동의하기 어렵다. 교부가『영남척괴』의 일부 내용을 임의로 고친 것은 구전 자료의 채록에 바탕하고 있는 이 책의 본래 면모에 대한 중대한 훼손이기 때문이

---

3) 戴可來. 위의 논문. 위의 책, 259면.

다. 따라서 교부 자신의 말과 달리 그의 작업은 '개정'이 아니라 '개악'의 면이 없지 않다.

현존하는 『영남척괴』의 많은 본(本)들은 이 교부의 서문을 '후서'(後序)라 하여 무경의 서문과 함께 싣고 있으나 이는 잘못이다. 무경본(本)과 교부본(本)은 그 성격을 달리하기 때문이다.

교부 이후 『영남척괴』를 개찬하거나 증산(增刪)하는 작업은 끊이지 않고 계속되었다. 이를테면 16세기 중엽 단영복(段永福)이라는 유생(儒生)은 무경본에 19편의 고사(故事)를 새로 보태어 3권본을 만들었고,4) 18세기에 무흠린(武欽麟)은 『영남척괴』 증보본을 새로 편찬한 바 있다.

『영남척괴』에는 원래 22편의 이야기가 실려 있었다. 그러나 16세기 이래 19세기에 이르기까지 증보(增補)가 계속 이루어져 심지어 50여 편의 이야기가 추가된 본도 나타났다.5) 이러한 현상은 『영남척괴』의 인기를 반영하는 것이라 할 만하다. 증보된 이야기는 크게 둘로 나뉜다. 하나는 『월전유령』(越甸幽靈)이라는 책에 실린 고사를 옮겨 놓은 것이고, 다른 하나는 후대의 인물들과 관련된 고사를 새로 보충한 것이다.6) 『월전유령』은 이제천(李濟川)이 1329년에 저술한 책인데, 총 27편의 고사가 실려 있다. 고사의 내용은 대개 베트남의 각지에서 받드는 사묘(祠廟)의 신들에 대한 것이다. 『영남척괴』보다 먼저 성립된 책으로 추정되는 『월전유령』에 실린 대부분의 고사는 16세기 이후의 증보본 『영

---

4) 새로 보탠 19편의 고사는 '속류'(續類)라고 이름붙인 제3권에 배속되었다.

5) 일례로 베트남 하노이의 한남연구소(漢喃研究所)에 소장되어 있는 도서번호 VHv1266의 『영남척괴』에는 총 73편의 이야기가 수록되어 있다.

6) 戴可來, 앞의 논문, 앞의 책, 261면 참조.

남척괴』 속에 흡수되었다고 말할 수 있다.

3. 『영남척괴열전』의 체재와 현존본들

『영남척괴』의 원래 체재가 어떠했는지는 지금으로선 알 수 없다. 그러므로 여기서는 다만 현재 확인되는 최고본(最古本)인 무경본의 체재를 살피기로 한다.

이 점과 관련해선 다음의 기록이 참조된다.

(6) 지금 『영남척괴열전』을 보니 지은이 성명이 없어 어느 시대 유생이 처음 지은 것인지 알 수 없다. 이에 과거에 급제했으며 박학호고(博學好古)한 홍덕(洪德)의 선비 무선생(武先生)이 2권으로 편찬했으니, 「태곳적」에서 시작하여 「야차왕」에서 끝나며 총 22전(傳)이다. 그리고 서문을 써서 책머리에 붙였거늘, 기이한 책이라 이를 만하다.

단연복이 자신의 증보본 『영남척괴』에 붙인 발문(跋文)[7]의 한 구절이다. 이 글을 통해 다음 두 가지 사실을 확인할 수 있다. 첫째, 무경본에 실린 첫 이야기는 「태곳적」이고 마지막 이야기는 「야차왕」이라는 점. 둘째, 무경본에 총 22편의 이야기가 실려 있었다는 점.

무경본에 총 22편의 이야기가 수록되어 있었음은 무경의 서문을 통해서도 확인되는 바이다. 한편 다이커라이 교수는 여기에다 「이징부인

---

7) 정확한 명칭은 「유속 후발」(類續後跋)이다. 이 자료는 陳慶浩·鄭阿財·陳義 主編, 『越南漢文小說叢刊』 第二輯 第一册(臺北 : 學生書局, 1992), 131면에 수록되어 있다.

전」(二徵夫人傳)을 추가함으로써 무경본에 총 23편의 이야기가 수록된 것으로 보았으나 이는 무경의 서문을 잘못 독해한 결과다.

이제 무경과 교부의 서문에 제시된 순서대로 편목(篇目)을 구성해 보면 다음과 같이 된다(괄호 안은 원제목임).

무경의 서문

1. 태곳적(鴻厖氏傳)
2. 야차왕(夜叉王傳)
3. 흰 꿩(白雉傳)
4. 금빛 거북(金龜傳)
5. 빈·랑 형제(檳榔傳)
6. 서쪽에서 온 외(西瓜傳)
7. 찐 떡(蒸餅傳)
8. 하오뢰(何烏雷傳)
9. 동천왕(董天王傳)
10. 이옹중(李翁仲傳)
11. 하룻밤 새 생긴 못(一夜澤傳)
12. 월정(越井傳?)
13. 도행 선사와 명공 선사(徐道行阮明空傳)
14. 공로 선사와 각해 선사(楊空路阮覺海傳)
15. 물고기의 정령(魚精傳)
16. 여우의 정령(狐精傳)
17. 용안과 여월의 두 신령(龍眼如月二神傳)
18. 산원산 신령(傘圓山傳)
19. 남조(南詔傳)

20. 만랑(蠻娘傳)

21. 소력(蘇瀝江傳)

22. 나무의 정령(木精傳)

교부의 서문

1. 태곳적(鴻厖氏傳)

2. 남조(南詔傳)

3. 소력(蘇瀝江傳)

4. 금빛 거북(金龜傳)

5. 물고기의 정령(魚精傳)

6. 여우의 정령(狐精傳)

7. 나무의 정령(木精傳)

8. 찐 떡(蒸餅傳)

9. 용안과 여월의 두 신령(龍眼如月二神傳)

10. 흰 꿩(白雉傳)

11. 동천왕(董天王傳)

12. 이옹중(李翁仲傳)

13. 서쪽에서 온 외(西瓜傳)

14. 빈·랑 형제(檳榔傳)

15. 하룻밤 새 생긴 못(一夜澤傳)

16. 월정(越井崗傳)8)

---

8) 대부분의 본에서는 「월정전」(越井傳)으로 되어 있으나 교부의 서문에서는 「월정강전」
(越井崗傳)이라 밝히고 있다. 무경의 서문에서는 작품 이름은 말하지 않고 그 내용만
언급했기에 무경본에서 뭐라고 했는지는 정확히 알 수 없다. 그러나 「월정전」이라 했든
「월정강전」이라 했든 별로 차이가 없다.

17. 하오뢰(何烏雷傳)

18. 야차왕(夜叉王傳)

19. 산원산 신령(傘圓山傳)

20. 만랑(蠻娘傳)

21. 도행 선사와 명공 선사(徐道行阮明空傳)

22. 공로 선사와 각해 선사(楊空路阮覺海傳)

여기서 확인되듯, 무경의 서문과 교부의 서문에 제시된 이야기 수는 똑같이 총 22편이며 거론된 제목 역시 일치한다. 다만 거론된 순서만 다를 뿐이다. 그런데 무경의 서문이든 교부의 서문이든, 서문에서 거론한 순서가 바로 목차의 배열을 뜻한다고는 판단되지 않는다. 아마도 무경과 교부는 실제 목차와는 상관없이 이야기의 성격에 따라 몇 개씩 묶어서 거론하지 않았나 짐작된다.

현존하는 『영남척괴』의 여러 본 가운데 무경본에 가장 가깝다고 추정되는 본은 베트남 사학원(史學院)에 소장되어 있는 도서번호 HV486 『영남척괴열전』(嶺南撫怪列傳)이다. 이 본에는 제1권에 10편, 제2권에 12편, 제3권에 17편, 속류(續類)에 3편, 도합 42편의 작품이 수록되어 있다. 이중 총 22편이 수록된 제1권과 제2권이 무경본의 면모를 방불하게 보여주며, 제3권 이하는 후대에 첨가된 부분이다. 베트남 사학원에 소장된 『영남척괴열전』의 제1권과 제2권은, 그 편목이 16세기 자료인 인용문 (6)의 지적과 일치할 뿐 아니라, 교부가 「산원산 신령」·「동천왕」·「이옹중」 세 작품에 가했다는 변개가 나타나지 않는다. 대만의 첸이(陳義) 교수가 교점(校點)한 『영남척괴열전』(嶺南撫怪列傳)9)은 바로 이 베트남 사학원에 소장된 『영남척괴열전』의 제1권과 제2권이다. 역자는 첸

이 교수의 교점본(校點本)을 저본으로 삼아 이를 이본(異本)들과 대교
(對校)해 교합본(校合本)을 만들었으며, 이 교합본을 국역하였다.

이제 본 역서의 편목을 보이면 다음과 같다.

권1

1. 태곳적(鴻厖氏傳)

2. 물고기의 정령(魚精傳)

3. 여우의 정령(狐精傳)

4. 나무의 정령(木精傳)

5. 빈·랑 형제(檳榔傳)

6. 하룻밤 새 생긴 못(一夜澤傳)

7. 동천왕(董天王傳)

8. 찐 떡(蒸餠傳)

9. 서쪽에서 온 외(西瓜傳)

10. 흰 꿩(白雉傳)

권2

11. 이옹중(李翁仲傳)

12. 월정(越井傳)

13. 금빛 거북(金龜傳)

14. 만랑(蠻娘傳)

15. 산원산 신령(傘圓山傳)

16. 용안과 여월의 두 신령(龍眼如月二神傳)

---

9) 陳慶浩·鄭阿財·陳義가 主編한 『越南漢文小說叢刊』 第二輯 第一册(臺北 : 學生書局,
1992)에 수록되어 있다.

17. 도행 선사와 명공 선사(徐道行阮明空傳)

18. 남조(南詔傳)

19. 소력(蘇瀝江傳)

20. 공로 선사와 각해 선사(楊空路阮覺海傳)

21. 하오뢰(何烏雷傳)

22. 야차왕(夜叉王傳)

현재 『영남척괴』에는 십여 개의 본이 존재한다. 그 대강을 제시하면
다음과 같다.[10]

서명	도서번호	작품수
1. 嶺南摭怪列傳	HV486(베트남 史學院)	42
2. 嶺南摭怪列傳	HVv1473(베트남 漢喃研究所)	42
3. 嶺南摭怪列傳	A2914(漢喃研究所)	39
4. 嶺南摭怪列傳	A33(漢喃研究所)	22
5. 嶺南摭怪	A1200(漢喃研究所)	45
6. 嶺南摭怪	A1300(漢喃研究所)	36
7. 嶺南摭怪列傳	A2107(漢喃研究所)	38
8. 嶺南摭怪	A1752(漢喃研究所)	38
9. 嶺南摭怪	VHv1266(漢喃研究所)	73
10. 嶺南摭怪考正	A750(漢喃研究所)	39
11. 馬麟逸史	A1516(漢喃研究所)	41
12. 嶺南摭怪列傳	b29(파리 亞洲學會圖書館)	21

---

10) 이하의 표는 『越南漢文小說叢刊』 제2집 제1책, 6～7면의 '嶺南摭怪各版本的對照表'에
   의거해 작성했다.

이밖에 『영남척괴』의 고사 중 일부를 수재(收載)해 놓은 책으로 『천남운록』(天南雲錄)11)이 있다. 넓은 의미에서 본다면 『천남운록』 역시 『영남척괴』의 한 이본으로 간주될 수 있을 것이다.

1960년에 베트남의 문화출판사(文化出版社)에서 간행된 『영남척괴』의 월역본(越譯本)은 위에 제시된 본들 중 세번째 본을 저본으로 삼은 것으로 알려져 있다. 중국의 다이커라이·양바오쥔(楊保筠) 두 교수가 교주(校注)하여 1991년에 중주고적출판사(中州古籍出版社)에서 간행한 『영남척괴』는 위의 열두번째 본을 저본으로 삼았다.

역자가 특정본을 택해 번역하지 않고, 교합본을 만든 다음 이를 번역한 데에는 불가피한 사정이 있다. 『영남척괴』의 여러 본들은 서로 간에 자구의 이동(異同)이 퍽 많은 데다 문리(文理)나 문맥이 소연(昭然)하지 않은 데가 한두 군데가 아니었다. 하나의 본을 택해 번역할 수 있는 상황이 도저히 아니었던 것이다. 그래서 어쩔 수 없이 교감(校勘) 작업을 통해 교합본을 만드는 분외(分外)의 일을 해야 했다. 이 교감 작업에는 중국이나 대만의 교주본(校注本)이 그리 큰 도움이 되지 않았다. 그것들은 교합본이라기보다 대체로 저본으로 택한 본과 다른 본들 간의 이동(異同)을 밝히는 데 치중한 것이었기 때문이다. 따라서 텍스트 자체가 지닌 오류는 많은 부분 교정되지 못한 채 그대로 남아 있었다.

역자의 교합본은 완전하지 않다. 『영남척괴』의 이본(異本)들을 다 볼 수 있었더라면 조금 더 나은 교합본을 만들 수 있었을지 혹 모르지만, 역자는 그럴 수 없었다. 이처럼 부족한 점이 없지 않지만, 이 교합본이 『영남척괴』를 연구하는 분들에게 약간은 도움이 되리라 생각한다.

---

11) 한남연구소(漢喃研究所)에 소장되어 있는 자료다. 『월남한문소설총간』 제2집 제1책에 수록되어 있어 쉽게 이용할 수 있다.

4. 『영남척괴열전』의 내용과 특징

『영남척괴』는 베트남의 민간에 전승되던 신화와 전설을 한문으로 기록한 책이다. 수록된 이야기들의 시대적 배경은 멀리는 태고(太古)로부터 가까이로는 진(陳) 유종(裕宗) 소풍(紹豊) 연간(1341~1357)에까지 걸쳐 있다. 그 시간적 상거(相距)는 무려 4,200여 년에 이른다. 이처럼 『영남척괴』는 그 시간적 스케일이 대단히 광대하다. 『영남척괴』는 이 광대한 시간을 배경으로 하여 베트남의 산천과 인물에 대한 스물두 편의 이야기를 펼쳐 보이고 있다.

『영남척괴』의 이야기들은 기본적으로 베트남 민중의 상상력과 관점을 드러내고 있다. 그 상상력과 관점에는 다시 자연·세계·역사에 대한 독특한 태도와 이해가 내재되어 있다. 이런 점에서 『영남척괴』는 스물두 편의 이야기를 통해 베트남 민중의 세계관을 그려 놓았다고 할 만한 바, 베트남을 깊이 있게 이해하는 데 큰 도움이 되는 책이다.

『영남척괴』의 이야기들은 '문학'이면서 동시에 '역사'로서의 면모를 갖고 있다. 우리의 『삼국유사』가 그렇듯이 문학화된 역사, 혹은 역사화된 문학은 전근대(前近代) 시기 구비문학이나 민중문학의 주요한 특징이다. 구비문학이나 민중문학이 보여주는 문학화된 역사는 달리 말하면 '민간화된 역사'라고도 할 수 있다. 이 민간화된 역사는 좁은 의미의 실제 역사와 달리 과장되거나, 황당무계하거나, 허구적 상상력과 관련된 것일 수 있다. 그럼에도 불구하고 민간화된 역사는 또다른 진실을 담고 있다는 사실을 간과해서는 안된다.

이런 점에 유의하면서 『영남척괴』의 내용과 특징을 편의상 몇 가지로 나누어 살펴보기로 한다.

베트남 민족의 기원과 국가 성립에 관한 신화

「태곳적」은 베트남 민족의 유래와 국가의 성립 과정을 보여주는 신화, 즉 건국신화이다. 이 신화는 다음의 몇 가지 점에서 주목된다.

첫째, 한족(漢族)과의 대결 의식이 표명되어 있다는 점.

베트남 최초의 국가로 등장하는 문랑국(文郎國)의 제1대 웅왕(雄王)의 부친은 낙룡군(貉龍君)이고, 낙룡군의 부친은 경양왕(涇陽王)이다. 경양왕은 염제(炎帝) 신농씨(神農氏)의 4세손으로, 제의(帝宜)와는 이모형제(異母兄弟)이다. 그리하여 제의는 북쪽을 다스리고 경양왕은 남쪽을 다스리게 된다. 염제는 원래 중국 신화에 등장하는 신으로, 사마천이 저술한『사기』(史記)의「오제본기」(五帝本紀)에 보면 이런 구절이 있다.

헌원(軒轅)의 시대는 신농씨(神農氏)가 쇠미해져 가는 때였으므로 제후들은 서로 침략하며 백성들을 괴롭혔다. 그러나 신농씨는 이들을 정벌할 수가 없었다. 이에 헌원이 창과 방패의 사용을 익혀서 고약한 제후들을 정벌했다. 그리하여 제후들은 모두 헌원에게 복종했다. 그러나 치우(蚩尤)는 대단히 포악하여 토벌할 수가 없었다. 한편 염제(炎帝)가 제후들을 침략하려고 하자 제후들은 모두 헌원에게 귀의했다. … 헌원은 판천(阪泉)의 들에서 염제와 싸웠는데, 세 번 싸운 뒤에야 뜻을 이루었다. 치우가 난을 일으켜 황제(黃帝)의 명령을 받들지 않자 황제는 제후들의 군대를 징집하여 치우와 탁록(涿鹿)의 들에서 싸워 치우를 사로잡아 죽였다. 그러자 제후들이 모두 헌원을 높여 천자로 삼아 신농씨를 대신하게 하였으니, 그가 바로 황제(黃帝)다.

「태곳적」은 「오제본기」의 이 기사를 수용하되, 염제 신농씨를 베트남과 결부시키고 황제 헌원씨를 중국과 결부시키는 쪽으로 변용함으로써 베트남과 중국의 대립을 상정해 놓고 있다. 그리하여 신농씨와 치우가 헌원씨에게 패함으로써 마침내 광활한 중국 대륙은 한족이 지배하게 되고, 이후 신농씨의 후손은 중국의 남방에 있는 베트남을 대대로 다스리게 된 것으로 이야기하고 있다.

둘째, 용신(龍神) 사상이 강하게 피력되어 있다는 점.

경양왕은 동정용왕(洞庭龍王)의 딸에게 장가들어 낙용군을 낳고, 낙용군은 선인(仙人)의 딸인 구희와의 사이에 백 명의 아들을 둔다. 낙용군은 구희와 50명의 아들로 하여금 지상을 다스리게 하고 자신은 나머지 50명의 아들을 데리고 용궁으로 돌아간다. 그러나 낙용군은 이후 베트남에 어려움이 있을 때마다 나타나 도움을 주는바, 베트남의 수호신 역할을 한다. 가령 백성들을 괴롭히는 물고기나 여우를 퇴치하기도 하고(「물고기의 정령」·「여우의 정령」), 중국의 침략을 물리치는 걸 도와주기도 한다(「동천왕」).

셋째, 지상세계와 수중세계, 혹은 산과 물의 '결합 / 대립'이 중요한 신화소(神話素)를 이루고 있다는 점.

경양왕이 지상세계 내지 산족(山族)을 표상한다면, 그 아내인 동정용녀(洞庭龍女)는 수중세계 내지 수족(水族)을 표상한다. 또한 제래와 그 딸 구희가 산을 표상한다면, 낙용군은 물을 표상한다.[12] 산과 물은 결합하기도 하고, 대립하기도 한다. 이 둘의 대립은 「산원산 신령」에서 볼 수 있듯 산의 정령과 물의 정령 간의 싸움으로 나타나기도 한다. 한편

---

12) 뿐만 아니라 제래는 북방을 표상하고 낙용군은 남방을 표상한다.

「태곳적」에 설정된 수중세계는 다른 이야기들에서는 천상세계로 변형되기도 한다. 「하룻밤 새 생긴 못」이나 「동천왕」에서 그 점을 확인할 수 있다. 산과 물의 '결합 / 대립'은 숲과 강이 많은 베트남의 자연적 조건을 반영하는 한편, 숲이나 산에서 거주하는 종족과 강가나 소택지에서 거주하는 종족 간의 관계를 반영하고 있다고 보인다.

넷째, 문랑국과 그 국왕인 웅왕이 거론되고 있다는 점.

15세기 말에 성립된 역사서인 『대월사기전서』는 『영남척괴』를 그대로 수용하여 문랑국과 웅왕을 역사적 사실로 기술하고 있다. 그리하여 문랑국은 임술년(기원전 2879년)에 건국되어 계묘년(기원전 258년)에 망했으며, 웅왕은 18대까지 내려갔다고 밝히고 있다. 이에 의하면 문랑국은 2,622년 동안 존속한 것으로 된다. 베트남사를 연구하는 중국 학자들은 문랑국의 존재를 부정한다. 베트남의 역사는 중국의 진(秦) 이전으로 소급될 수 없으며, 문랑국이나 구락국(甌貉國)은 모두 날조라고 보는 것이다. 이처럼 중국 학자들은 이 문제에 대해 상당히 예민한 반응을 보여주는바, 오늘날 베트남 정부가 문랑국을 내세워 반화 감정(反華感情)을 부추기고 지역 패권주의에 대한 야심을 드러내고 있다는 비판까지 제기하고 있다.[13]

정령신앙 및 중국에 대한 대항 의식을 담고 있는 신화

「태곳적」 외에도 「물고기의 정령」, 「여우의 정령」, 「하룻밤 새 생긴 못」, 「동천왕」, 「산원산 신령」, 「소력」 등등이 다소간 신화적 면모를 보여주는 이야기들이다.

---

13) 戴可來, 앞의 논문, 앞의 책, 266~269면 참조.

이중에서도 「물고기의 정령」과 「여우의 정령」은 정령신앙을 보여준다. 『영남척괴』는 그 주요한 세계관적 기저의 하나가 정령신앙이라고 할 수 있을 정도로 정령신앙적 요소가 두드러진데, 이 두 작품 말고도 「나무의 정령」과 「만랑」에서도 정령신앙이 확인된다.

한편 「하룻밤 새 생긴 못」, 「동천왕」, 「산원산 신령」, 「소력」 등은 모두 중국에 대한 대항 의식을 담고 있다는 점이 주목된다. 이들 작품 외에 「남조」, 「용안과 여월의 두 신령」에서도 중국에 대한 대항 의식이 엿보인다. 이런 대항 의식은 역사적으로 베트남이 중국의 침략을 여러 차례 받으면서 내면화된 것으로 보인다. 베트남 민중은 근대 이전부터 진작 주체적인 민족 의식을 정립해 가고 있었던 것이다.

안양왕 및 조월왕과 관련된 전설 — 용신 사상의 서사적 변형

안양왕(安陽王)은 문랑국을 멸망시키고 구락국을 세운 왕이다. 「금빛 거북」은 안양왕이 구락국을 세운 후 나성(螺城)이라는 큰 성을 쌓을 때의 일과 후에 조타(趙佗)에게 나라를 잃은 일을 이야기하고 있다. 우리나라의 「낙랑 공주와 호동 왕자」 이야기를 연상시키는 이 설화에서 금빛 거북은 「태곳적」에 나오는 낙용군의 서사적 변용이 아닌가 의심된다. 한편 금빛 거북의 발톱은 「하룻밤 새 생긴 못」에선 다시 용의 발톱으로 변용된다. 금빛 거북의 발톱이든 용의 발톱이든 그 현상 형태의 차이와 관계 없이 모두 용신 사상(龍神思想)의 서사적 변형으로 보아야 할 듯하다.

물의 신령들 이야기

『영남척괴』에는 수신(水神) 내지 물의 신령이 여럿 등장한다. 낙용군, 저동자(褚童子), 금빛 거북, 물의 정령 등은 모두 수신의 면모를 보여준다. 이밖에 물의 신령이 등장하는 작품으로 「용안과 여월의 두 신령」 및 「소력」을 꼽을 수 있다.

영웅들의 이야기

「동천왕」과 「이옹중」은 베트남의 민족 영웅에 대한 이야기다. 동천 왕은 신인(神人)과 영웅의 면모를 함께 지녔다 하겠으며, 이옹중은 비 극적 운명의 영웅이다. 무경은 서문에서, "「동천왕」은 은나라의 침략을 물리친 일을 말했고 「이옹중」은 흉노를 막은 일을 서술했다. 이 두 이 야기로써 베트남에 인물이 있었음을 가히 알 수 있다"고 하여 두 영웅에 서 느끼는 자부심을 피력한 바 있다.

「하오뢰」는 진조(陳朝) 유종(裕宗) 때의 시대적 분위기를 반영하고 있는 이야기이다. 그러나 다른 각도에서 본다면, 하오뢰는 동천왕이나 이옹중과 같은 민족적 영웅이나 일반적 의미의 영웅은 아니지만 디오니 소스적 면모 내지는 악신적(樂神的) 성격을 지닌 또다른 종류의 영웅으 로 볼 여지도 없지 않은 듯하다.

불교와 관련된 이야기

「만랑」, 「도행 선사와 명공 선사」, 「공로 선사와 각해 선사」 등은 불 교와 관련된 면모를 보여준다.

「만랑」은 하층 여성이 독실히 불법(佛法)을 믿어 이적(異蹟)을 보였 다는 점에서 우리나라의 『삼국유사』에 실려 있는 「욱면비염불서승」(郁 面婢念佛西昇)[14]을 떠올리게 한다.

「도행 선사와 명공 선사」, 「공로 선사와 각해 선사」는 고승전(高僧

傳)의 면모를 보여준다. 네 사람은 모두 이조(李朝)의 승려들인데, 이조는 불교를 적극적으로 보호하고 장려하는 정책을 취했었다. 이런 시대적 분위기 속에서 고승들을 신비화한 이야기가 형성, 유포되었으리라 짐작된다. 그렇기는 하지만 도행 선사와 각해 선사의 이야기는 당시에 불교와 도교가 각축을 벌였음을 보여준다. 특히 도행 선사의 이야기는 불교와 도교의 각축에서 불교가 승리했음을 뜻하는 것으로 이해된다. 또한, 승려가 내생에 임금으로 태어난다는 설정은 승려의 지위가 막중함을 말해 주는 것이라 할 만하다. 이들 선사들이 밀교(密敎) 계통의 불교를 신봉한 것으로 보인다는 점도 흥미로운 사실이다.

선사들의 이야기는 여러 수의 게송(偈頌)을 포함하고 있다는 점에서 『영남척괴』의 다른 이야기들과 구별된다. 이들 게송은 그 내용이 퍽 심오하여 민간에서 구비로 전승된 것이라고 보기 어렵다. 이 게송의 존재는 『영남척괴』가 순전히 구비 전승의 채록에 그치는 것이 아니라 저술자의 창의가 일정하게 가미되어 있음을 뒷받침해 주는 하나의 확증(確證)으로 삼아도 좋을 듯하다.

사물이나 풍속의 유래에 대한 이야기

『영남척괴』에는 어떤 사물의 내력이나 풍속의 유래를 밝히고 있는 이야기들이 있다. 「빈·랑 형제」, 「찐 떡」, 「서쪽에서 온 외」 등이 그러하다. 빈랑(檳榔)은 베트남 전통사회에서 대단히 중시되던 과일이었으니, 특히 혼례 풍습에서 그러했다. 「빈·랑 형제」는 바로 이 빈랑의 유래를 밝힌 슬프고도 아름다운 설화이다. 「찐 떡」과 「서쪽에서 온 외」는 떡과

---

14) 『삼국유사』 권5, 감통(感通) 7에 실려 있다.

수박의 유래를 풀이한 이야기다.

중국의 텍스트를 부연하거나 패러디해서 만든 이야기

「흰 꿩」과 「월정」이 이에 해당한다. 「흰 꿩」의 기본 얼개는 전대의 중국 문헌인 『한시외전』(韓詩外傳)과 『상서대전』(尙書大傳)에 보인다. 「월정」은 중국 당나라 때 문사(文士)인 배형(裵鉶)이 저술한 단편소설집인 『전기』(傳奇)에 수록된 「최위」(崔煒)를 패러디한 작품이다. 이 때문에 「월정」은 『영남척괴』의 이야기들 중 가장 소설적인 면모를 보여준다. 「흰 꿩」이나 「월정」의 이런 면모는 「도행 선사와 명공 선사」·「공로 선사와 각해 선사」의 게송과 마찬가지로 『영남척괴』에 저술자의 창의가 일정하게 가미되어 있음을 입증하는 것이라 할 만하다.

인도의 영향을 받은 이야기

「야차왕」이 이에 해당한다. 「야차왕」은 지금의 베트남 중부 지역에 있던 왕국인 점파(占婆)와 관련된 이야기다. 이 이야기는 인도의 산스크리트어 서사시인 「라마야나」의 영향을 받아 성립된 것으로 밝혀져 있다.[15]

---

15) 戴可來, 앞의 논문, 앞의 책, 266면 참조.

베트남 주요 연표

연대	베트남	중국과 한국
B.C.1500~B.C.1027?		은(殷)
B.C.1027?~B.C.770		주(周)
B.C.770~B.C.221		춘추전국(春秋戰國)
B.C.690?~B.C.258?	문랑국(文郎國)	
B.C.257?~B.C.208	구락국(甌貉國)	
B.C.221~B.C.206		진(秦)
B.C.207~B.C.111	남월국(南越國)	
B.C.202~A.D.8		한(漢)
B.C.195~B.C.108		위만조선(衛滿朝鮮)
B.C.111	한(漢) 무제(武帝)의 남월(南越) 정복	
B.C.108		한(漢), 한반도에 4군(四郡) 설치
B.C.57?~A.D.676		삼국시대(三國時代:新羅·高句麗·百濟)
A.D.25~220		후한(後漢)
40~43	징측(徵側) 자매의 저항 운동	
43	마원(馬援)의 원정	
187~226	사섭(士燮) 정권	
220~265		위(魏)·촉(蜀)·오(吳)의 삼국시대
265~419		진(晋)의 통치
420~589		남북조시대(南北朝時代)
427		고구려의 평양(平壤) 천도(遷都)
541~547	이분(李賁)의 만춘국(萬春國)	
550	조광복(趙光復)의 용편(龍編) 점령	
571~602	이불자(李佛子)의 지배	
581~617		수(隋)
589		수(隋)의 중국 통일
612		수(隋) 양제(煬帝)의 고구려 침입
618~907		당(唐)
645		당(唐) 태종(太宗)의 고구려 침입
660		나(羅)·당(唐) 연합군에 백제 멸망
668		나(羅)·당(唐) 연합군에 고구려 멸망
676~935		통일신라(統一新羅)
679	안남 도호부(安南都護府)의 설치	
699~926		발해(渤海)
854~866	남조(南詔)와의 전쟁	

875~884		황소(黃巢)의 난(亂)
907~960		오대(五代)
936		고려(高麗)의 후삼국(後三國) 통일
939~944	오씨(吳氏) 왕조	
945~966	12사군 시대(十二使君時代)	
960~1126		북송(北宋)
966	정부령(丁部領)의 베트남 통일	
966~980	정씨(丁氏)의 대구월(大瞿越)	
980~1009	여환(黎桓)의 전(前) 여조(黎朝)	
981	여환(黎桓)의 송군(宋軍) 격퇴	
993~1018		거란(契丹)의 고려 침입(1, 2, 3차)
1009~1225	이조(李朝)	
1054	이(李) 성종(聖宗), 국호를 대월 (大越)로 함	
1069	성종(聖宗), 점파(占婆) 북부의 3주(州) 병합	송(宋), 왕안석(王安石)의 개혁
1075~1077	이상걸(李常傑)의 송군(宋軍) 격파	
1127~1279		남송(南宋)
1196~1258		고려, 최씨(崔氏) 무인(武人) 정권
1206~1368		원(元)
1225~1400	진(陳) 왕조	
1231		몽고(蒙古)의 고려 침입 시작
1257	몽고의 제1차 침입	
1270~1273		고려, 삼별초(三別抄)의 대몽 (對蒙) 항쟁
1284~1285	몽고의 제2차 침입	
1287~1288	몽고의 제3차 침입	
1361~1389	제봉아(制蓬峩)의 침입	
1368~1644		명(明)
1392~1910		조선 왕조
1400~1407	호씨(胡氏) 정권	
1405~1432		명(明) 영락제(永樂帝)의 치세
1407~1427	명(明)의 지배	명(明), 정화(鄭和)의 남해(南海) 원정
1428~1788	여조(黎朝)	
1446		세종(世宗), 훈민정음(訓民正音) 반포
1460~1497	여(黎) 성종(聖宗)의 치세	
1479	오사련(吳士連)의 『대월사기전서』 (大越史記全書) 편찬	
1527~1592	막씨(莫氏) 정권	

※ 유인선, 『베트남史』(민음사, 1984)의 연표에 의거해 작성했음.

찾 아 보 기